給Blue的49封分手信

陳敏澤 文·圖

獻給我最親愛的姊姊陳穎澤 (1970–2019)

以及一路上支持我的家人和朋友

生命會自己找到出路

樂茝軍（薇薇夫人）

作家

　　知道自己手上拿的是、一本寫作者和最親密的姊姊死別的書，很怕自己承受不了悲傷之重。但讀完序言之後是一首首充滿深情的詩，和一幅幅美妙的畫。畫憂鬱的〈紫色的雨〉，詩說「不捨的遺憾啊……惜哉緣份已盡。且讓我為你落一場紫色的雨吧……將記憶洗得愈發晰……」。另一幅〈憤怒達摩〉畫面最突出一雙憤怒的眼睛，詩說「你剛離開的那段時間……因為我無處宣洩的怒火……恨不能沿路衝殺……最好能把命運之神給斬了，誰教他將你從我身邊奪去……」

　　是的！親人的死亡，活着的除了強烈的悲慟以外，更強烈的是憤恨！作者的姊姊過世後她像手臂被砍斷，再也接不回去，從此殘缺了！姊姊尚在治療的某夜，她曾夢見自己左前臂被切斷了，但醫生拒絕接回去，她哭喊著：「我告死你們！我告死你們！」悲之極生恨，經歷過的人能體會！作者和姊姊不但是血緣上的手足，也是志趣相投的「閨蜜」。雖然兩人性格不同，但是「如果沒有姊姊，我或許不知如何長大，……姊姊領路，阻擋人生風雨」。兩人旅行過地球上很多美景，同樣愛藝術。姊姊走後她「想念姊姊，就把她放進畫中風景……」。失去這樣的姊姊，她用「藝術作為療癒的手段，而愛是本源」，用淚水寫文字。幸好「生命會自己找到出路，圍離攔不住藤蔓，悲傷也關不住人的心……人生必死……無法一起走到最後，不代表不值得愛。我與我所愛，永遠在一起。」

　　作者用這幾句話結束和姊姊在世上的一段情，也寫出一本與眾不同的深情悼亡書。

推薦序
藝術心靈治療的最佳範本

黃河
ART TAIPEI 藝博會共同創辦人
中華文物學會理事，中華文創學會秘書長

　　《給 Blue 的 49 封分手信》是敏澤圖文書之名，這不是神童莫札特的安魂曲，而是樂聖貝多芬第九號交響曲，充滿著溫暖與活力，充分感受生命遭遇挫折之後的再生，四十九篇文章與畫作的搭配顯示畫家成功轉移內心能量，構圖雖然簡潔，卻又不失畫作的美學魅力，尤其對於「色彩」的靈活使用，令我想起笛卡兒，於一六三七年發表《方法論》時所揭示：彩虹是太陽的白光，只要將各種顏色的光再度聚集，便可重現「白光」。敏澤對於感情的理性表達細膩，令人感動不已，投入藝術創作多年，畫風穩健，看過幾檔個展，大致有三個不同類型：

　　首先，敏澤充分展現「當代文人畫」的優雅氣質。從王維「詩中有畫，畫中有詩」畫史上文人畫家代代傳承，遠的不說，近現代渡海三家之一的溥心畬曾被譽為「最後一個文人畫家」；其實文人畫脈從未間斷，台灣除了江兆申及其十二弟子繼承道統，英國藝術史家蘇立文極力推薦的楚戈也是大家，而敏澤善於取用古詩融入現代畫作，藉以抒發心境，其成就直追台灣當代造境大師何懷碩、後現代掌門羅青及倍受華人世界喜愛的蔣勳。

　　賞析敏澤著作的第二部分，亦即本書主題：「幸福是瞬間，回憶是永恆」。這本書，

剛開始閱讀時，覺得敏澤對姊姊感情的敘述完全不輸給袁枚的〈祭妹文〉，更令人想起墨西哥女畫家芙烈達‧卡羅的堅強意志，潘朵拉的盒子跑出漫長的藝術史曾出現的重要畫派，有緬懷希臘羅馬時代的文藝復興，有極盡奢華的巴洛克⋯⋯二十世紀藝術史更經歷野獸派對色彩的解放，立體派對透視法的解嚴，而敏澤選擇最接近打開人類心靈潛意識深處，尤其是在四〇年代所出現的「藝術療法」，使藝術成為「有用之物」，而敏澤的這本書亦正是「藝術心靈治療」的最佳範本！

　　觀看敏澤畫作第三層的意義：「我用圖文為你打造一個世界，裡面有你喜愛的奇珍異獸，群山大海，輝煌神殿，願你快樂悠遊，永歲無憂」、「彩球直奔天際，乘風高升翻越山嶺，然後緩緩順勢滑降，回到歡欣迎接的家人身旁，那橘黃色的大樹，紅粉色的梯田，山腰上我的家⋯⋯我們曾經共度的笑語歌聲凝固在記憶的深處，不會改變，曾經擁有，即已天長地久」⋯⋯敏澤情深意重，我也想到詩仙李白「醒時同交歡，醉後各分散」，這是來自大唐的纏綿，或者兩宋柳永的〈雨霖鈴〉：「今宵酒醒何處，楊柳岸，曉風殘月」，層層思念，化為彩筆，相信敏澤已然走過「回憶之旅」——回首來時路，也無風雨也無晴！

推薦序
告別是為了重生

朱和之

作家

　　有人說，每個人都會死去兩次，第一次是在他肉身生命結束時，第二次則是當人們對他的最後一抹記憶消散無蹤，他的精神生命才徹底亡故。因此人們在抵抗肉身衰亡的同時，也努力和脆弱的記憶拉扯，用盡各種方法，為摯愛之人和自己留下痕跡。

　　也有人說，當摯愛離開的時候，我們的一部分會跟著死去。確實，當我們與摯愛之人在心靈上緊密相連，失去對方，心也隨之而死。

　　故而悼念逝者是一場和死亡的拔河，不僅試圖讓摯愛在我們心裡活下去，更要讓彼此相連的部分留在這如露亦如電的泡影人間。那怕終究絕無勝算，我們仍將窮盡一切之力，在寂寞的黑夜降臨前輝煌至最後一瞬。

　　敏澤這份書寫卻又告訴我們事情沒有那麼簡單，因為關於生命，關於記憶，從來就不是如此歷歷分明。

　　正如她在《給 Blue 的 49 封分手信》書中提到，在姊姊離去半年之後，敏澤發現自己患上文字失語症，持續數月之久，因而決心用強迫寫作來自我治療。然而記憶本質零散，總有無數碎片掉落在意識的暗角裡幽幽閃動，等待拾綴擦亮。更有許多時刻，當下懵懂迷惘，要等待多年後驀地回首才能猛然了悟。因此書寫記憶，也就是對生命的重新體驗與省思。

　　幸而敏澤有畫，映照著時時心象。如今循著一幅幅畫作溯行，到處充滿與姊姊共處的

刻印，紀念北京共同生活的〈關於沙漏咖啡的回憶〉、作為姊姊結婚禮物的〈有粉紅房子的風景〉、姊姊住院時貼在床榻邊祈福的幾幅西藏佛寺變相，以及期待姊姊痊癒後一同遨遊的〈乘桴於江湖〉，畫裡畫外都是故事。

她的畫乍看安靜，構圖從容閒定，而總有強烈的色彩和細節變化帶動觀者心緒，暗流不息。我格外喜歡那些水面倒影和山間雲氣，比如〈仿燕文貴奇峰萬木〉，將原本北宋山水的大塊留白恣意填滿瑰麗雲霞，嶙峋山峰就好像是艱難險巇的現實具象，而雲霞則是無拘無礙的流動意識，自在而超越。

同樣的，她的文字表面看來乾淨節制，即便她說這本書前三分之二是浸泡在淚水裡寫成，一剛開始讀來讓人覺得頗為冷靜，細讀進去則能慢慢感受到背後蘊含著不見底的深情。

有意思的是，敏澤提到她創作起始十五年間的風景中都沒有半個人，直到後來覺得不該過於孤僻才稍微增添一些國畫式的小人影，而後更將姊姊和自己置入畫中，作為彼此相伴的美夢，在原本孑然自得的心象裡牢牢留住了摯愛身影，繼續攜手前行。

如此，我們跟著敏澤的畫與書寫，共同默會了一場漫長的告別，也由此明白，唯有讓逝者以及內在相連的部分好好離去，才能使生命以新的姿態歸返。這些從月光下、淚水中細心揀回的記憶亮片，經過凝神梳理、深沉自剖，不僅讓敏澤在藝術上獲得新的能量，也讓姊姊的精神生命以更精純的質地延續。

我偏愛書中一個細節：姊姊過世後，大學教授宿舍花壇裡的日日春無人照料，盡數枯死，但敏澤知道土裡必定遺留了種子，持續持水澆灌，果然不久後小苗一一冒出，並在她將宿舍清空歸還時燦爛盛開，彷彿送別，又像是姊姊遺愛無盡。

這本書正是敏澤澆灌盛開的一壇花朵，如此深情，如此動人。

推薦序
幸福的光暈

邱士華
國立故宮博物院書畫文獻處副研究員
國立台灣大學藝術史博士

敏澤這一系列圖文，我一開始是在臉書上驚訝地讀到的。搞不清楚發生時序的我，惶惶地回想著曾經點讀過的圖像，會不會正是她心碎痛苦時的作品，而我卻可能輕忽地採擷著表象，隨意感覺並自以為是的理解與評價。

作為一個期待正確解讀圖像、了解繪製者意圖的藝術史研究者，《給 Blue 的 49 封分手信》是一份珍貴的創作者自我揭露的禮物。書中不但選印她特別看重的各階段畫作，記敘創作當時的背景，更可以看到她如何透過文字再詮釋這些作品的過程，將難以言喻的哀慟，昇華成奮發的力量。研究者多半追逐著作品成形時創作者的狀態，但鮮少能夠得到理解作品後續對創作者的影響，甚至意義上的微妙轉變。

敏澤畫裡的幸福氣息，神奇地從過去療癒了未來。她以顏色創造的神奇畫境，散發一種沒有壓迫感的明亮魅力。她的文字則讓我想到與她接觸的經驗──看起來冷面卻真誠坦白地交代著自己的感覺，看起來明快有邏輯地考慮一些看起來也許天馬行空的面向。

這本書以文字結合圖像，就像她的畫作〈橋〉那道白色吊橋，將我們引渡到綠得生氣蓬勃的美好彼岸，更敏銳地感受到敏澤，分享蘊含在她作品中的溫度與幸福光暈。

以書寫與繪畫，開啟自我療癒之道

楊舒涵
心理學講師

人生一定會遇見兩件事：生離與死別，這是人生的有限與現實。

悲傷治療（Grief Therapy）是美國心理學家沃爾頓（J. William Worden）首度提出，泛指遭遇失落的各種方面（生理、心理、認知、行為）的反應。在悲傷反應中各種情緒皆有可能產生：自責、害怕、恐懼、震驚、否認、麻木、空洞、哀傷、沮喪、憂鬱。

一個重大失落的創傷需要多少時間才能走出來，端看當事人有無開啟自我療癒之道。唯一確定的是，不能求快，否則只是把哀傷壓抑到潛意識，這是防衛機轉的潛抑作用（Repression），但這只會形成長期慢性悲傷，永無終止。否認、迴避接觸自己的感受與情緒，人會變得麻木與空洞，對自己不再仁慈；對他人也失去溫度。我們需要準備好時間與空間來容納悲傷，全然的與它在一起，儘量的說、儘量的寫、儘量的哭，才能慢慢穿越。

看到本書《給 Blue 的 49 封分手信》作者陳敏澤以書寫、以繪畫幫助自己復原，這是一個不僅得療癒也是自我成長的歷程，生命的意義會更彰顯。奧地利心理學家法蘭克（Viktor Frankl）說：「人是意義的動物。」他經歷三年殘酷的納粹集中營而倖存下來，然而他的父母、妻子都死了。支撐他精神不崩潰，意志堅強活下來的主要原因，是他相信這一切都是有意義的，所以他後來創造了意義療法。

所有為生命帶來衝擊與毀壞的，也可能同時清理出新的空間，預備生命的成長與蛻變；而所有的悲傷故事，都可能蘊含一個愛的故事。

作者序
走出死蔭幽谷，愛與藝術的救贖之路

陳敏澤

　　二〇一九年春天，毫無徵兆突然爆發、衝著我迎面襲捲而來的，是人生中最大一場風暴和夢魘。只長我兩歲、最體己的姊姊，竟被診斷出胰臟癌；原本在台東過逍遙小日子的我，立刻拋下原本的生活，陪著姊姊投入這場與病魔的生死大戰。可是無論我們一家人如何拼盡全力，依然節節敗退；僅僅七個月後，姊姊便滿懷不捨地，撒手人寰。

　　出生以來一直把姊姊當成精神支柱的我，這下基本上就是直接掉進了地獄。然而，我連好好哭泣哀悼的時間都沒有。在事前無任何準備的情況下，我得確保十天後舉辦的告別式風光體面、選地安葬、處理姊姊未完成的工作、整理遺物繼之搬遷，最後把自己台東的家搬到台北，以便就近照看父母。逾半年馬不停蹄的日子過去，一切安頓妥當，生活理應重回軌道，我卻發現自己患上文字失語症——科學客觀的研究報告寫起來沒問題，但完全不想提筆談論自己的創作，連在社群媒體上簡單幾行字分享心情，都毫無意願。症狀持續數月，我自覺這樣下去不是辦法，決心用強迫寫作的方式來治療。既然喪姊之痛是病症根源，自然以此為主題。

　　傳統喪葬儀式七七四十九天的設定，本應讓遺屬有足夠時間盡情釋放悲傷，然後收拾心情繼續生活；當初我為了妥善處理後事，強自鎮壓住情緒，才落下文字失語的後遺症，因此想到借用七七的概念來寫作，也帶有通過時間來療傷的想法。一直以來我大部分的寫作依附於繪畫作品，以圖帶文是比較容易的方式，於是產生四十九篇詩文配圖的構思。至於書名

《給 Blue 的 49 封分手信》的擬定，基於寫作目的是為讓自己擺脫憂鬱（能力喪失也是憂鬱的表徵），但又不願把氣氛搞得太沈重，靈光一閃，把憂鬱擬人化，用同義詞「Blue」為之命名──擺脫憂鬱，就是跟 Blue 分手。七七，代表七個階段；從悲傷思念、怨恨命運不公，繼之力圖振作、尋找出路，然後思想轉變、濾淨心緒，以積極態度迎向未來。我從二十年積累的畫作圖像中，反覆考慮挑選出最符合主旨的四十九幅，當作引發書寫靈感的依憑。

果然如預期，四十九篇短詩文完成，我的寫作能力便已恢復。原本計畫到此為止，後來卻因緣際會，讓我決定將自我療癒的心路歷程，詳細記述下來，作為人生最重大轉折點的紀錄，同時緬懷姊姊賦予我的一切。這五萬多字長篇集結成本書第二部，內容與四十九篇圖文的第一部互相呼應，卻也各自獨立，恰如我們姊妹的關係。我希望藉由出版，將自己的經驗分享給有著類似傷痛的人們，或許能夠提供一些幫助。

本書的關鍵字是「愛與藝術」；不過，藝術只是療癒的手段，愛，方為本源。猶記十八年前，在畫展會場上，某位師嫂說，看我的畫，就知道我是在充滿愛的環境裡長大的。當時我嘴上笑著應承，心底卻未以為然；畫裡洋溢的幸福快樂氣息，是我的理想，而非現實──現實是我從來都得費力對抗偏見和誤解，少有順遂安心的時候。經歷過這場精神地獄之旅的洗禮，我總算真正明白，自己長年的鬱悶，最主要的根源，是我把旁人的善意視為理所當然，並且無視那些以不符合我期望方式付出的愛。事實是，若非我曾接受如許多愛，根本不可能想像出那些正能量充滿的創作。如今我時刻提醒自己，對於收到的善意，不論大小，皆要明確認知，並心存感激、適時回應。

就這樣，我跟 Blue，終於徹底分手了。

是為序。

目錄

第一部　四十九封信

第二部　七七

我猜想

I wonder.

I only wanted one time to see you laughing

I only want to see you laughing in the purple rain

我知道你從沒故意讓我難過

我知道你並不想這樣離開我

然而命運的無常我們都無可奈何

不捨啊　遺憾哪

希望你都已放隨水流

釋懷離去

畢竟一路上你從不缺精彩風景

惜哉　緣分已盡

且讓我為你落一場　紫色的雨吧

絲絲溫柔　點點感傷　曖曖微光

將記憶洗得愈發清晰

你煥發的青春

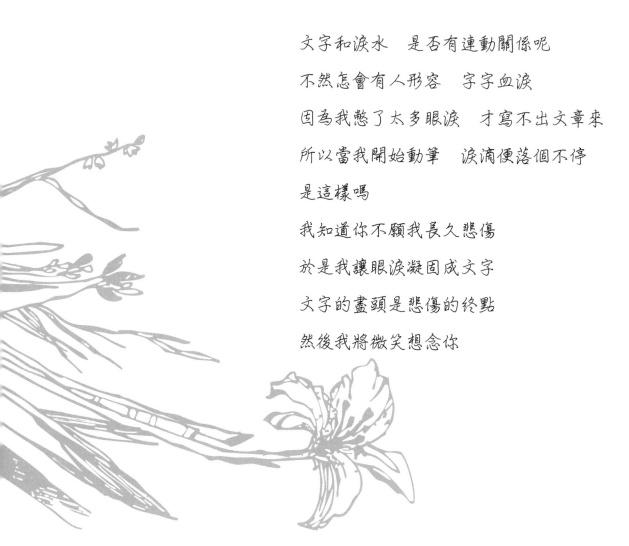

文字和淚水　是否有連動關係呢

不然怎會有人形容　字字血淚

因為我憋了太多眼淚　才寫不出文章來

所以當我開始動筆　淚滴便落個不停

是這樣嗎

我知道你不願我長久悲傷

於是我讓眼淚凝固成文字

文字的盡頭是悲傷的終點

然後我將微笑想念你

經書（之二）　21

這花花世界對你而言太新奇有趣了

所以你的腳步總不停歇

從一個城市到另外一個

海的這一端到那一端

森林峽谷沙漠草原

歐亞美非

而心底安於鄉下山海一角的我

當然追不上你的腳步

於是在習以為常的分離裡

那些適巧的　彼此軌跡交會的時節

便成為我珍貴的記憶

因為有你　那些時刻變得珍貴

因為有你　那些地點變得特別

著名地點（之一）　23

原本也只是平凡地方　窄窄的過道庭園

青石板地面　牆根縫裡青草冒出頭來

大水缸裡養著幾枝小蓮花　幾條小魚

另一邊地上小盆栽們開著花

老式雕花門窗　邊緣有點磨損的舊沙發

幽暗的吧台後面　帶著靦腆微笑　大眼睛閃著光的主人

飄出咖啡香　以及淡淡酒香

是否

如果我能再度推開那扇門

就會看見你　窩在沙發裡　紅酒杯在手裡輕輕搖晃

而我深知　那扇門已不在那條胡同

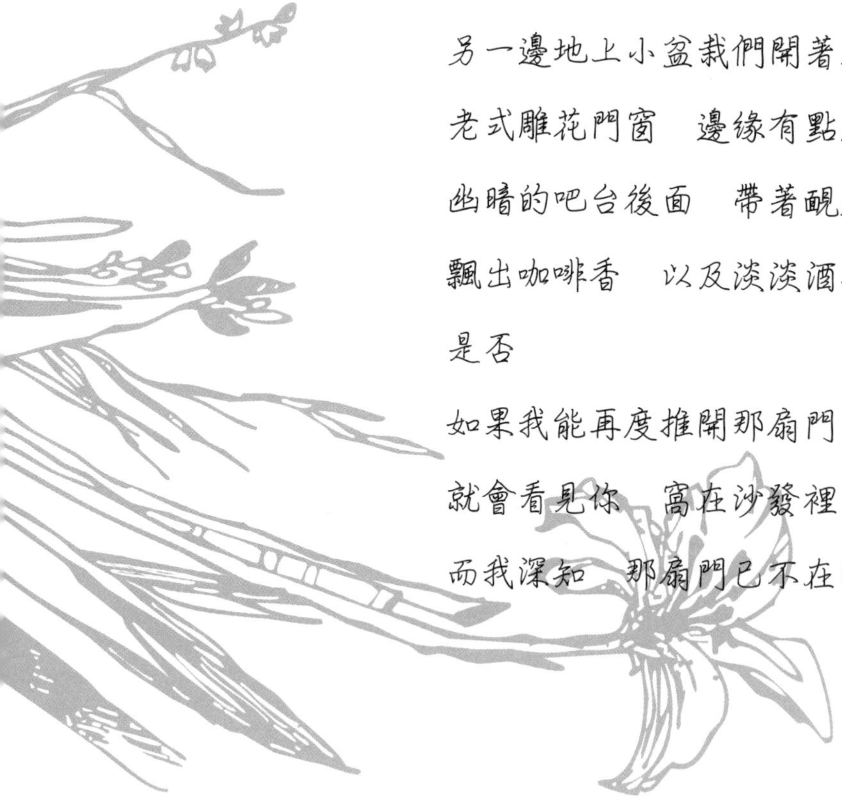

那些有音樂演奏的夜晚

遊牧人唱給流浪者的歌

歌聲裡的酒　搭配小桌上的酒

月光照不到的地方　我們把燈光權作月光

身在大城市裡漂　心在大草原上飛

我們一起做著夢

在這方擁擠的小天地裡

夢迴遠方　無邊無際的逍遙

你離開之後　幾次出現在我夢裡

我總是忘記你已離開

和你談笑的同時

總是暗自想著

你看起來還好啊　會沒事的　慢慢會一切如常

然後醒來面對沒有你的日常

發現自己心底始終未曾接受你已離開的事實

直到那一夜

夢裡我們一同去乘火車

你對售票員說了一個　與我不同的目的地

於是我明白

我們終歸要分離　不管我多麼不願

你已有你的世界

那個不需要我的世界

月華　29

我常常在想

現在你在哪裡　能聽見看見我嗎

是否乘著我送你的飛機　環遊世界去了

你開心嗎　會擔心我嗎

有什麼方法能讓我聯繫上你呢

或許　你把飛機變成了太空船　航向天河

在某顆閃亮的星星上　展開新生活

如果是那樣就好了

那麼在每個繁星閃耀的夜晚

我只要抬起頭　就能看見你眨眼笑著

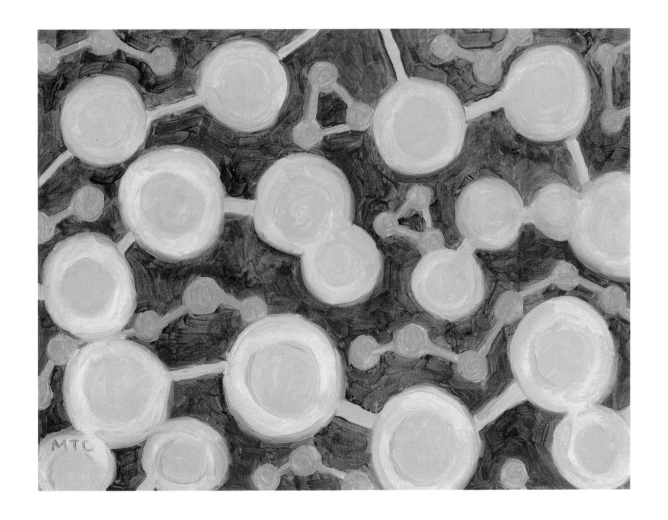

讓我走

let me go.

Dancing in the fire

算是我喜歡的主題

因為我總認為自己很堅強

即使備受打擊挫折的煎熬

仍然堅持行走自己相信的道路

火舞之花　嘿嘿

其實那只是自我感覺良好

沒被燒傷過的人不知道什麼叫痛　還以為自己多勇敢

有時我猜想

你被迫離開

是老天看不順眼我的自傲

所以奪走我最親的人　讓我嚐嚐真地獄的滋味

對不起

連累了你

火舞之花　35

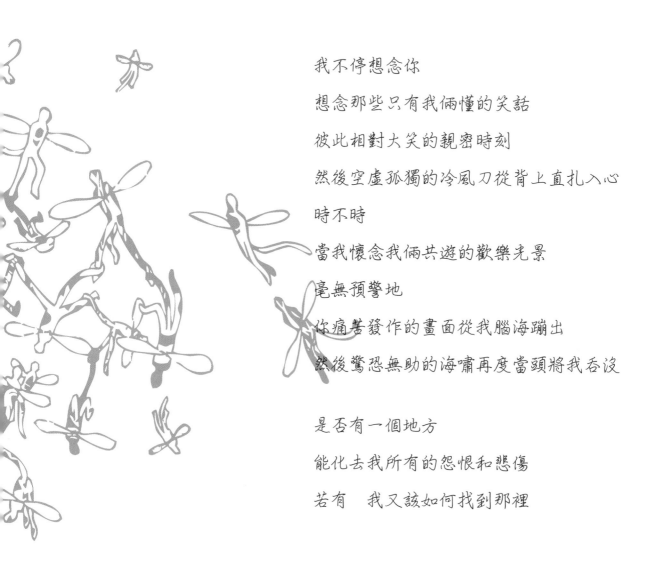

我不停想念你

想念那些只有我倆懂的笑話

彼此相對大笑的親密時刻

然後空虛孤獨的冷風刀從背上直扎入心

時不時

當我懷念我倆共遊的歡樂光景

毫無預警地

你痛苦發作的畫面從我腦海蹦出

然後驚恐無助的海嘯再度當頭將我吞沒

是否有一個地方

能化去我所有的怨恨和悲傷

若有　我又該如何找到那裡

你剛離開的那段時間

我經常夜裡在人煙稀少的路上獨行　卻絲毫不覺恐懼

因為我無處宣洩的怒火

在想像中武裝自己成　手舞雙刀的戰士

恨不能沿路衝殺　遇上的妖魔鬼怪　個個剁成碎片

最好能把命運之神給斬了

誰教他將你從我身邊奪去

然而　神並不在那條路上

我的忿怒最終只能　消散於空洞的夜裡

連嘔啞的回聲都沒有

憤怒達摩　39

我曾經反覆問自己

如果你真的離開

我會怎麼樣　又該怎麼辦

我知道自己沒有你也可以活下去

卻想像不出要以什麼狀態生活

或者應該說　無法想像

因我決不願這事發生

結果當然天不從我願

只能用盡氣力　面對該處理的事情

一邊做一邊想

這樣做你會滿意嗎　這會是你喜歡的方式嗎

重複一千遍沒有答案的問題

然後把支離破碎的自己　一塊塊撿拾補綴起來

以 Frankenstein 的姿態

面對這全然陌生的　沒有你的世界

面具 41

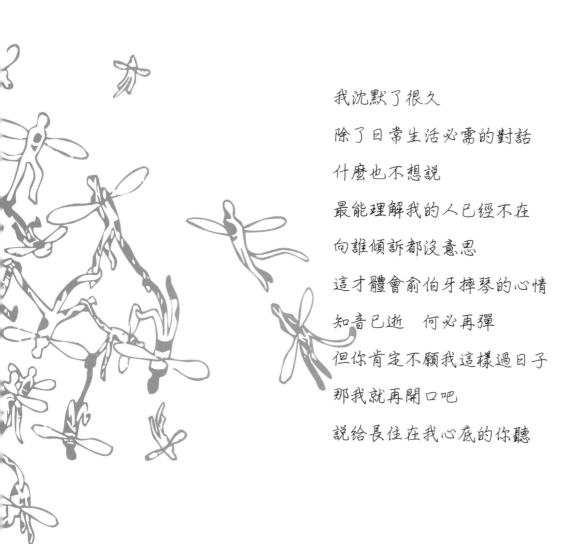

我沈默了很久

除了日常生活必需的對話

什麼也不想說

最能理解我的人已經不在

向誰傾訴都沒意思

這才體會俞伯牙摔琴的心情

知音已逝　何必再彈

但你肯定不願我這樣過日子

那我就再開口吧

說給長住在我心底的你聽

獨坐　43

你離開後我才明白

一直以來自己特立獨行　包袱款款說走就走的勇氣

是因為有你在

即使身隔萬里

我的想法和決定　你總能理解支持

騰身凌空飛躍　因為腰間繫著一條安全索

出航駛向汪洋大海　因為身懷定海神針

真正的我　從沒表面上看來那般勇敢

而今安全索和定海神針已失去

我仍義無反顧前進

因為世上沒有比失去你更可怕的事

我已無所畏懼

金魚　45

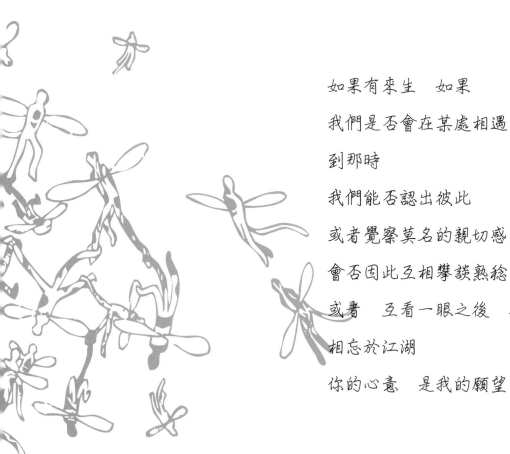

如果有來生　如果

我們是否會在某處相遇

到那時

我們能否認出彼此

或者覺察莫名的親切感

會否因此互相攀談熟稔　再結緣份

或者　互看一眼之後　各自走入茫茫人海

相忘於江湖

你的心意　是我的願望

草海　47

該起了

get up.

沒有你的世界

是一望無際的荒漠

乾渴的夢魘像纏上寄主的榕樹根

準備慢慢將我絞殺

但只要想到你　求生欲望便洶湧而上

因你已化身仙人掌花

給我水分補給　為我指引道路

領著我走出這片荒蕪之地　找到綠洲休養生息

然後重回水草豐美的故鄉

Somehow you made it to the other side
You didn't suffer in vain
It's only love that gets you through

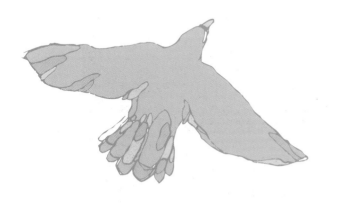

另一邊風景如何

美麗嗎　危險嗎

我是否得付出什麼代價才能到達彼岸

又問傻問題了啊

明知道

無論如何　我都要越過去

為了你　也為我自己

橋　53

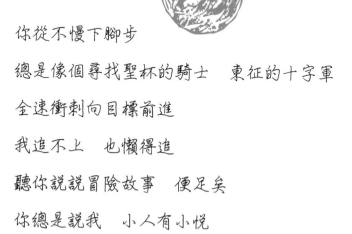

你從不慢下腳步

總是像個尋找聖杯的騎士　東征的十字軍

全速衝刺向目標前進

我追不上　也懶得追

聽你說說冒險故事　便足矣

你總是說我　小人有小悅

然而現在我必須整裝踏上征途

循著你曾經的蹤跡

拾回你遺落在道旁的夢

日已近黃昏

我還在大步趕路

朝著你想望的方向

魔幻時刻的光線　照著遠山埡口

美得不可方物

即使山的那一端並沒有你

即使只有未知等在前頭

我依然不曾減緩行進的速度

只是想看看你所執意前往的地方

究竟是什麼模樣

紅霞山谷　57

多年來　我奮力追求自由

期待自己的身心

像風一般來去自如　像鳥一樣翱翔萬里

回頭想想

如果沒有你在前　展示著自由的美妙

也許我會一輩子甘心於

做一隻籠子裡的金絲雀

謝謝你

讓我鼓起勇氣振翼

我心永遠與你並肩飛翔

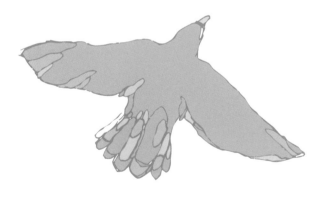

風起了

該出發了

若不趁此乘風飛去

就只能孤獨徘徊異鄉

請讓我帶著你的祝福

扶搖直上

起鷹　61

漫步在雲端

望著無盡天際光色變幻流轉

你一定很享受吧

我願翻越千山　攀登險峰

只為見你　漫步在雲端

仿燕文貴奇峰萬木　63

前有路

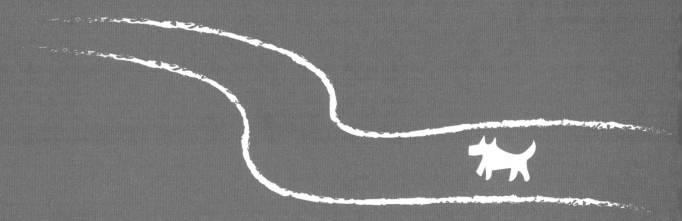

there is way.

生命會自己找到出路

圍籬攔不住藤蔓

悲傷也關不住人的心　為著希望跳動的心

人說　幸福的綠光

我所認知最美的顏色

是陽光穿透樹葉映入眼裡的綠

抬頭望見　心就暖了

我想把你的笑藏進那綠光

這樣我就不會再悲傷

陰暗的森林令人恐懼
陽光照亮的森林令人喜悅
其實是同一片森林
因為有光　心情整個改變
因為光就是生命

猶記第一次個展
老友為我寫評論　下的標題是
尋找生命之光
年輕時我特別偏愛
大面積陰暗包圍著被光照亮的局部
隱喻藝術是我晦暗人生的希望

光陰荏苒
眾裡尋他千百度　回首方知
所愛之人的心願　便是不滅的生命之光
因為有你
我得以在重圍黑暗中　找到出路

森林裡的陽光　69

那一年的秋日清晨

我獨自走在蜿蜒的林道上

一如既往地故意離群

享受著下方溪流潺潺聲　頂上枝頭鳥鳴

和飄浮在空氣中的花草香

一個轉彎

眼前出現一株獨立溪畔的大樹

茂密葉子在陽光照耀下　燦爛金黃

彷彿神話

轉角遇到愛

不期而遇　所以刻骨銘心

剎那成永恆

幸福是瞬間　回憶是永遠

那些我們曾經共有的瞬間

便是我永遠的幸福

秋葉　71

生命應該活成什麼模樣

平淡可以嗎

但你一直響往燦爛

怎樣才能燦爛呢

一片黃葉　陽光照上去就變成金色

這世上的色彩　是萬物吸收陽光

同時按照各自的本質　反射出部分

因為我們的本質各不相同

世界才如此繽紛萬千

反射出的光　又映照在旁邊的物體上

所以金黃樹冠近處的一切

都被染上一層金光

愛是陽光

所以你明白吧

在我眼裡　你一直無比璀璨耀眼

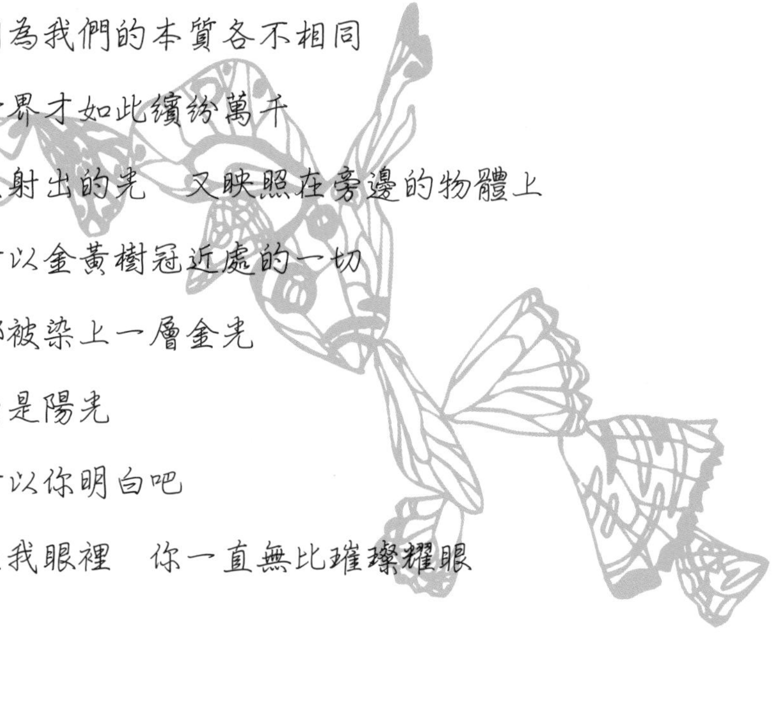

生命樹　73

落英繽紛

你在路的前方等我

往前邁出的每一步

都有的花香鳥語為伴

緩步而行　毋需憂急

夢裡時光無限長

清風送來一陣花香

熟悉的氣味好似時光從未流逝

這是我思念你的方式

走你曾走的路　呼吸你曾呼吸的空氣

在你舊時日常風景裡漫遊

雖然明知遠方的你此刻絕不會出現我面前

然而　在這充滿著你的氣息的地方

彷彿看到你和煦的微笑

在成串灑落的陽光下

一如當年

春風捎來信息　77

我在心中　築起一棟理想的家屋

裡面有我們所需的一切

陽光明媚　春風正好

屋畔水池波光瀲灔

門前幾畦菜園　幾方田地

小鳥在庭前　跳來跳去

你懶洋洋曬著太陽

等我歸來

有粉紅房子的風景　79

你能行

you can make it.

失去你

我像被斬掉一條手臂　從此殘缺了

但這世界沒有容納我當個廢人的空間

更何況這絕非你所樂見

於是我必須學著如何殘而不廢

重新練習平衡

鍛鍊自己剩餘的肢體感官　更加敏銳強健

借助所有能使上力的支援

即使殘缺　仍要飛翔

偶爾行進於夜間

我感覺肩胛內側伸出一對翅膀

緩緩張闔擺動

強而有力

或許因你已不在身邊

我得生出新的能力　來保護自己

飛越現實與魔幻的冥昧界限

諸魔勿近

有時　我的思緒飄蕩到遠方

遙遠到時空模糊的化外之域

那裡地心引力羈絆不了我

像鳥兒一樣乘風滑過起伏的草浪

一翻身直衝天際

擾動的空氣傳來森林的喃喃細語

花香是大地的秘密訊息

流光燦爛無分日夜

那裡　有你與我同行

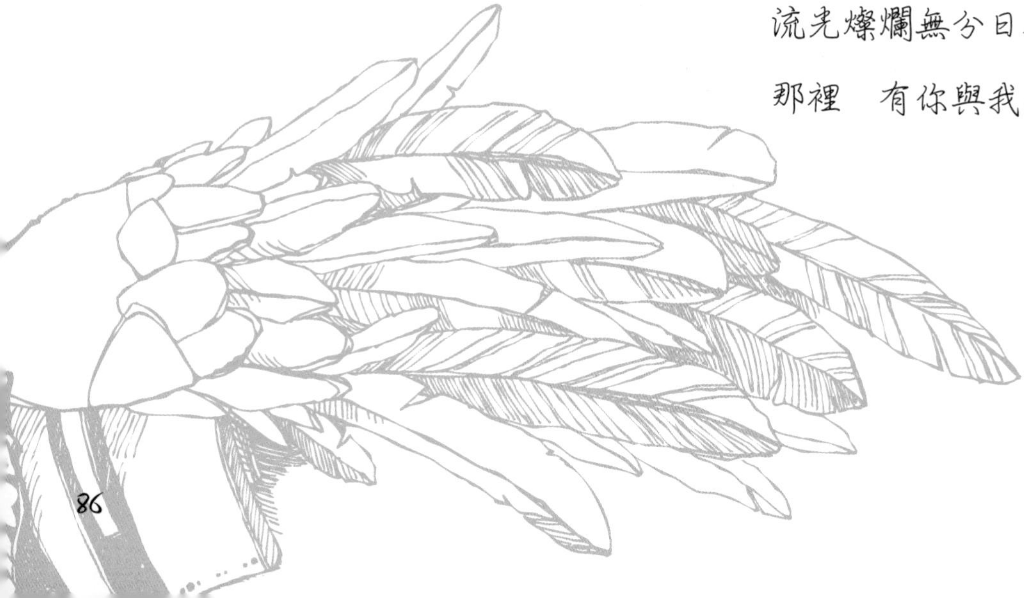

流浪的神　87

你總是嚮往那些傳說中的奇才

上通天文下知地理

醫卜星相無所不精

於是你建起一堵堵書牆

作為修煉的資本

可惜 時不予汝

終究 你沒能完成道身

我站在你遺留的書牆前

猜想或許你藏身於內　繼續鑽研

於是我像植物伸出氣根

扎入那知識之牆　汲取養份　慢慢探索延伸

或許某一天　我會找到你

三界之王　89

那未可知的

不可見的世界

眾人卻言之鑿鑿　描繪得活靈活現

世界真的可以用文字圖畫建構起來嗎

我想是吧

圖畫原本是符咒

文字是精煉的圖畫　超濃縮咒力　所以誕生時鬼哭神號

我用圖文為你打造一個世界

裡面有你喜愛的奇珍異獸　群山大海　輝煌神殿

願你快樂悠遊　永歲無憂

詩意（之一） 91

霧氣從那暗昧不明之地　緩緩飄出

漸漸靠近　作勢要將我包圍

涼意陣陣襲來

我注視著不可知的前方

心底卻是清明透亮

免躊躇　只管前進

你就是我的勇氣

詩意（之二）　93

撐一只船　在寬闊的江面上

航向傳說之地

聽聞幽靜的水上有一座島

島上住著一位半仙

通曉過去未來　能為人指點迷津

我飄飄盪盪　尋尋覓覓　起起伏伏

久久恍然領悟

那座島原來是我的心

島上的半仙　原來是你

梅花島　95

我愛你。

I love you.

世界屋脊　最接近天堂的地方

雪山神域

我們曾一同遊歷

雖然行止匆匆

那也是我們最後相伴遠遊之地

雪山環抱之中　世上最輝煌的神殿

承載著人們對天堂的想像

那裡應該也有你的嚮往

如是我聞

你已回歸　永遠的香巴拉

札什倫布寺變相　99

你清清如水的眼神

恆久純潔童真

我的魂在記憶的流裡逆行

鍥而不捨地追逐你的蹤跡

因為太愛你

我不知該如何是好

只能不停流淚了

我的淚是澆灌蓮田的泉

你的笑是轉動時輪的源

花開十萬

與你一同

初生、盛放、凋萎、寂滅

歲歲年年

最初的心願

是照看這一方福田

群山環繞　綠水縱橫

禾苗隨風晃動

田裡人們的笑容

是你最好的收成

莫忘初心　時時照拂

白雲清風

雍布拉康變相　103

紅紅的太陽下山啦

成群的羊兒回家啦

不要怕　不要怕

我已擷取了彩霞的光輝

做成不滅的明燈

溫柔照亮你的歸程

快快回家

安眠入夢鄉

我愛你。 I love you.

天路（之二）　105

心如止水

止水如鏡

如鏡的水面倒映著山色天光

美景乘雙

如果你是水面的倒影

我將紋風不動

澄澈透明

將你的美麗完整反映

日復一日

我在繁花盛開的草原上

編織著花環

等待一陣風來

吹得手中花環瓣瓣輕搖

我便知曉

你已收到我的祝願

為你　我永不知倦

夢原　109

青天高高　白雲澹澹　　不知道愛你在哪一天

平原莽莽　流水潺潺　　不知道愛你從哪一年

清風徐徐　蝶舞翩翩　　不知道愛你是誰的諾言

馨香陣陣　群芳豔豔　　不知道愛你能走多遠

我心悠悠　思念綿綿　　只知道彩虹在天邊

　　　　　　　　　　　只知道從海底到山巔

　　　　　　　　　　　我日日年年想望著你的笑顏

always.

海天交界處浮著一座小島

模樣是那般美好

日昇日落　陰晴變幻

時時為它更著彩袍

海風飄飄

海浪搖搖

每當我看著那小島

自然忘卻所有煩惱

你是我心海上的小島

疲憊時的依靠

虹彩霞光溫柔映照

永遠讓我會心微笑

綠島未夜曲　115

日夜交替的魔幻時刻
整個世界沐浴在霞光裡
美得教人迷醉
我總是失了魂魄似地
目不轉睛望著海面天邊
唯恐錯失下一秒的驚艷

一次次一回回
那美景深深蝕刻入我腦海
成為無可磨滅的記憶
我不再擔憂錯過
因它已和我形影不離
同你一起

我玫瑰金色的海洋　117

倦了嗎　　　　　　　　　不要失落

長久在海上飄盪的你　　　有我陪著

雖然大海如此令人著迷　　且讓我們斜倚沙灘上

你終究得上岸歇息　　　　閒閒尋看海面波光

　　　　　　　　　　　　說不定你想要的寶藏

　　　　　　　　　　　　正朝岸邊漂向你我

沙灘　*119*

熱帶午後的空氣催人眠　　半夢半醒之間

我懶洋洋躺在樹蔭裡邊　　白雲現出你的臉

瞇眼看著遠處青山　　　　言笑晏晏

耳裡海濤聲暗　　　　　　原來你未曾走遠

天光中彩霞閃閃　　　　　始終在我左右長相伴

海洋。漂流（之二） 121

曙光翻過山頭　照進谷地

朝霧裊裊升起

微微濕潤的涼風吹拂著我

露水未乾的樹葉在晨曦中閃爍

我感覺自己漸漸輕盈上騰

化為空中遨遊的精靈

與你並肩巡行

歡然翔舞過這

豐饒的大地

耀眼的人生

豐饒的大地　　123

清晨的涼意中陽光漸漸亮起
我們等待著一股上升氣流
托起彩球直奔天際

山川平原在朝露裡閃閃發光
跟隨鳥兒的路線飛翔
俯瞰一方方彩色拼圖的田園
悠然掠過蒼翠的森林樹冠
乘風高升翻越山巔
然後緩緩順勢滑降
回到歡欣迎接的家人身邊

幸福翻山越嶺而來　125

青青秧苗變成金黃稻穗

池裡荷花變蓮蓬

屋旁散發甜香的雪白野薑花

雲瀑從遠處山頭流瀉而下

鳥兒在草叢樹梢吱吱喳喳

肥貓胖狗屋簷底相向齜牙

食物的香氣伴隨談笑聲飄出窗外

這就是我們的幸福生涯

龍仔尾的夏天　127

頭七：
思念排山倒海而來

■ 我的哀悼是灰紫色的

　　六年前的清明時節，我在畫室準備開始工作，卻收到大學社團老師過世的消息。我知老師罹癌已經有一段時間，收到消息談不上震驚，只是因為老師尚未過耳順之年，一直以來都樂觀地認為他可以戰勝病魔。我愣愣坐在畫架前，窗外淅瀝瀝雨聲不斷，悶熱的濕氣滲透屋內；然後我拿起畫筆，〈紫色的雨〉就這樣從筆下流出來。這是我創作生涯裡唯一一件悼亡之作，萬萬沒想到，時隔數年，竟會用來悼念自己唯一的姊姊。

　　之所以用〈紫色的雨〉作為本書的開場，除了作品本身的悼亡意涵，另外就是老師和姊姊的共同特質：他們都是「一路上從不缺精彩風景」的人。在痛失親姊的萬般遺憾當中，讓我稍感寬慰的是，姊姊及時行樂的性格，工作再忙也要擠出時間遊玩四方、享受美食美景，雖然其壽不永，至少算是頗享過些福。當然，姊姊剛過世時，我的心情可不是灰紫色的淡淡哀愁，而是像美國搖滾樂傳奇歌手王子（Prince）的名曲〈Purple Rain〉裡的紫雨：「天空中滿布著血，而紅色和藍色加起來就是紫色。紫色的雨屬於世界末日，讓你愛的人與你一起、讓你的信仰引導你度過這陣紫色的雨」。直到姊姊離開將近一年又四個月，我費盡力氣從自己的精神地獄裡爬出來、恢復人身之後，才終於能以溫柔感傷的灰紫色目光，

回頭看我親愛的姊姊。

　　從小，我就跟姊姊長得很像，長大後連身高都一樣，常被外人當作雙胞胎。不過姊姊是公認比較漂亮的那一個，因為她沒有我急躁彆扭的脾氣，總是流露出自信從容的優雅。大約到三十多歲的年紀，由於建築設計這行的慣性就是超時工作，姊姊又是個美食愛好者，經常以享受美食來紓解工作壓力，加上代謝能力隨

紫色的雨

年齡增長而下降，她的身材開始發福，從此體重只升不降；經常為工作熬夜，也讓她早生華髮。而我因為脊椎側彎導致的健康問題，必須注意控制體重，也不能太過勞累，身體狀態反倒維持得比較穩定。十餘年來，我們的外貌差距逐漸變得分明。

　　奇怪的是，每當我看著鏡子裡自己水腫的雙腿，便心生不堪入目的厭惡感；而看著發胖的姊姊，「醜」字卻從來沒有出現在我腦海裡過，我只擔心過重對她健康不好。也許當初因為我擔心的程度不夠，沒有黏在她身邊、緊盯著強迫她改掉那些不良習慣，才會失去了她。總而言之，在我眼裡，姊姊即使胖胖的仍然好看，頭髮灰白也不顯老。也許當我看著她，看見的不只是當下時刻的形象，而是同時將從前那個青春煥發的她，影像重疊上去；又或者，我看見的是她一生未曾改變過的，天真美麗的內在。

　　我想，如果對一個人有感情，自然能看見他過去的風采；因為記得，所以看見。如果

無法記住對方曾經的好，感情勢必無法維持，終將漸行漸遠。反過來說，如果感情已經變質，那麼過往美好的記憶也將自動淡出，以便來日分道揚鑣時不再留戀。人以自己的意志，決定記憶的內容。我願讓這場紫色的雨，洗去所有沈重記憶，只留下永遠青春無敵、光彩照人的姊姊。

■ 眼淚流不夠會內傷

人是很特別的動物，會因為情緒波動而流眼淚。幼年時流淚可以得到親人的關愛照顧，長大後發現眼淚引來的多數是麻煩而非幫助，於是便把淚收起來了。可以理所當然在眾人面前哭泣的場合，好像只剩下喪禮。但是被壓抑的情緒需要排解，在無人處獨自流淚是有效的選項；其他排解情緒的方式，抽菸、喝酒，或激烈運動，都難免對身體造成某種程度的傷害。長期情緒排解不徹底，到頭來也會引發身體的病變。

我天生是情緒起伏比較大的性格，在文明社會的教養下，累積壓抑的情緒自然相當可觀。但是動不動就要在無人處流淚以排解情緒，也未免太不便了，而且連自己都覺得軟弱到說不過去。於是，畫畫或手捏小雕塑成為我紓解壓力最重要的管道——因為我可以按照自己的意思，做自己喜歡的東西，不必屈從別人的意志。我認為，自己會從工程界跳入藝術圈，並且歷經重重困難仍堅持不棄，根本原因是我比其他人更需要，用藝術創作來維持心理健康。創作進行中我有時也會流淚，並非由於題材令人感傷，而是負面情緒通過繪畫的動作，化為眼淚釋放出來。

　　然而，當我此生最大的夢魘降臨之際，我卻既不能流淚，也幾乎無法創作。二〇一九年四月一日夜裡，姊姊從台南成功大學醫院打電話到台北父母家，告知家人她因黃疸急診住院，醫師初步診斷為胰臟癌。當時我也在父母家，隔天立刻搭高鐵南下照顧。不用醫師解釋，我也知道胰臟癌有多凶險；因為十四年前作為我藝術領路人的學長，就是胰臟癌走的。不過，存活率雖低，畢竟有人活下來，那人當然也可能是我姊姊。我們姊妹倆本來就是「不到黃河心不死」的型，這輩子也從不拿「機率很低」當作臨陣脫逃的藉口；情勢再凶險，也要堅信有獲勝的可能，為此奮戰到底。既然如此，若傷心流淚，豈不是未戰先敗。為了在姊姊面前表現出我對她戰勝病魔的信心，我甚至連焦急沮喪的神色都不曾流露。

　　但是焦慮的情緒當然沒有放過我。一開始是左髖關節發炎，走路就痛；照 X 光也看不出所以然，只能吃藥消炎。然後背部中央生膿包，用消炎藥壓下去不久又復發，後來靠中醫師處理平復。姊姊病重住院的最後兩個月，我的鎖骨下方冒出不明腫塊，整個頭皮包括耳朵上方，沿著經絡走向一個個突起，大如串珠小如粉刺；如果把頭髮剃光，看起來大概跟科幻片裡的蜥蜴人頭部差不多。

　　約莫在姊姊被送進加護病房的一週前，我看著她形銷骨立的模樣，再怎麼樂觀，也明白她是無法康復了，這才找個無人的角落默默流淚，近七個月以來頭一回；然後神色如常地回到父母面前。姊姊嚥下了最後一口氣，我站在病床邊，輕撫著她的手，心裡想著：「我的寶貝，就這樣沒有了」；但我不能讓眼淚滴到她身上，因為這會害她走不了，而我還要幫著護理師為她清潔身體。我覺得傳統繁複的喪葬儀節，大部分是為了安慰生者；守

喪七七四十九天，讓遺屬有足夠的時間盡情哭泣哀悼，然後可以收拾起情緒，恢復日常生活。可是我沒有那種餘裕。告別式訂在十天後，以配合弟弟返回大陸工作的時間；由於事前沒有任何準備，我得在如此倉促的時間內，確保葬儀社按照我們的標準，為姊姊辦一場體面的告別式。我整天待在靈堂裡，除了幾個開放親友上香致意的時段，我都端著手機和筆記本，忙於安排各項事宜。

告別式之後，基本上我在人前就把眼淚收起來了。接下來要面對，姊姊成大建築系研究室裡高高疊起整面長牆的書籍，三十多坪的學校宿舍裡一屋子的家當（包括三座六呎高書架），以及一份科技部補助研究計畫的結案報告。其實那份結案報告不交也不會怎樣，但那既然是姊姊的心願，我就得給她完成。系上頗通人情，讓我繼續使用姊姊的研究室設備三個月；宿舍這邊，總務處也在一般的三個月期限之上，多給我兩個月時間。姊姊告別式過後兩天，我即南下處理後事。剛到台南頭幾日，白天我鎮定地與人接洽，夜裡便在宿舍週邊少人行處遊蕩，邊走邊哭；那時巧遇一位自稱曾任心理治療師的人，在他的引導下狂哭過幾回後，心裡的沈重感確實減輕不少（過程另於〈短暫出現的深夜咖啡館〉詳述）。不過，後續證明，我的眼淚並沒流夠。

逾半年馬不停蹄的日子過去，台南諸事已了，我也把自己台東的家搬到台北，以便就近照看父母。生活理應重回軌道，我卻發現自己患上文字失語症：科學客觀的研究報告寫起來沒問題，但完全不想提筆談論自己的創作，連在社群媒體上簡單幾行字分享心情，都毫無意願。症狀持續數月，我自覺這樣下去不是辦法，決心用強迫寫作的方式來治療。既

然喪姊之痛是病症根源，自然以此為主題。一直以來我大部分的寫作依附於繪畫作品，因此以圖帶文是較容易的方式，於是產生七七四十九篇詩文配圖的構思。剛開始動筆時，有時我打開筆記本，還沒寫半個字，眼淚便潸潸而下；前三分之二的篇幅可謂浸泡在淚水裡。然後漸漸地，我停止哽咽，寫作能力就此復原；詩篇完成後，終於可以詳細記述，這些日子以來的掙扎歷程。

■ 習以為常的分離裡，軌跡交會的時刻

〈著名地點〉是二〇一三年我的音樂即興水彩系列作品之一，該系列皆以創作時配合播放的音樂專輯為題，而這幅便是以美國作曲家 Goldmund 的電音專輯《Famous Places》為靈感來源，作品中文名稱直譯自英文。這張專輯的每一首曲子，皆是用地名作為標題，而這些地名，標注著作曲家生活中經歷過的重要事件。據稱該專輯是為紀念作曲家離世的至親所作，流瀉的音符裡充滿濃濃思念，既憂傷又溫暖。我在書寫四十九封信的時候，經常播放這張專輯，總是能有效引領我的情緒。

記得小學時候，姊姊有陣子熱衷於畫一種奇特的題材：旅行車內部空間配置。旅行車身剖面圖佔據整張圖紙，車內分隔成一個個小空間，起居、臥艙、廁所、行李等等，一應俱全。長輩們見到孩子如此精巧的構思設計，都驚嘆讚賞不已，而我自然也依樣葫蘆一番，拿去學校驕其同儕。但我心裡非常清楚，單憑自己，絕對想不出這般有趣的創意。而那作品彷彿定格了姊姊日後的人生方向：空間設計和旅行；而且是帶著自己愈來愈多的家當，

一次次橫跨太平洋與大西洋。

如果要問最熱愛旅行的星座血型組合，我猜肯定是雙子座 B 型吧。我大學畢業那年，姊姊負笈美國密西根大學，攻讀建築碩士；最後一學期她作為交換學生到維也納，在那裡遇見她的終身伴侶，學業完成後留在維也納兩年，跟隨一位專長音樂廳設計的老教授工作。這段期間，她遍遊歐洲，去過的國家多到我搞不清。

著名地點之一

之後她回到美國，先在紐約待了幾年，取得紐約建築師執照；後轉任職國際知名的建築師事務所藍天組（Coop Himmelb(l)au）洛杉磯分公司，其間又被派駐到墨西哥第二大城瓜達拉哈拉。接下來為配合姊夫的工作，移居北京，一待就是十年，並與人合夥經營建築師事務所。最終在二〇一六年初，姊姊放下執業建築師生涯，回到母校成功大學建築系任教，期望把她豐富的國際經驗和視野，傳承給莘莘學子。可惜，這份志業只有短短三年多。

姊姊是工作狂與享樂主義者的奇異組合：工作時從不考慮加班熬夜的時數是否有害健康，唯一目標是拿出讓自己滿意的設計；即使轉換跑道當大學老師，她備課耗費的時間心力、製作上課用投影簡報的豐富精美程度，經常讓我皺眉，因為我不覺得學生值得她這般勞累自己——不過告別式上眾多淚流滿面的學生，證明我錯了。工作之外，把休假時數排好排滿是一定要的，因為吃喝玩樂也是她的人生目標。美食當前，姊姊總是盡情大快朵頤，

從不推託節制；看著她吃東西的樣子，就讓人覺得那肯定美味非常。觀光旅遊的時間則是永遠不夠；因公出差到異地（族繁不及備載），一定要想辦法擠出時間逛逛；長假就該出國或至少遠赴邊疆，歐美早已玩遍，後來目的地是越壯觀神秘越好，東北、雲南、新疆、西藏，乃至非洲衣索比亞、中美洲叢林裡的馬雅帝國。

回顧從姊姊出國留學到最後離世的二十五年間，我和她真正生活在同一個城市的時間，只有北京的那五年。我念芝加哥藝術學院的時候，姊姊在紐約；寒暑假我若沒回台灣，就會去紐約跟她住一兩個星期，或者她聖誕假期來芝加哥過，其他少有機會碰面。再來就是她偶爾回台探親，或者我陪同父母到大陸，跟姊姊會合一同遊玩。姊姊回台南任教，總算與家人們有較多相聚時間。但是關於旅遊這部分，由於我素性頗宅，加上經濟考量，姊姊歷年那些精彩的海外行程，我竟全部錯過。足堪作為幸福的共同回憶而緬懷的著名地點，剩下我們一起居住過的城市，和神州大地上的遊蹤。

■ 致我們一去不返的豪情夢想

二〇〇六年夏天，我因為工作關係落腳北京。雖然工作三個月後便辭了，卻就此開啟我的職業畫家生涯，以及總算又能跟姊姊生活在同一個城市裡的五年緣分。那時我自然無法料到，這五年的回憶，後來會變得如此珍貴。千言萬語，從何說起；思來想去，永遠煙塵瀰漫、如迷魂陣一般的京城胡同裡，有一條街貫穿我們姊妹倆的北京生活：南鑼鼓巷；而巷子裡最溫暖的燈光，便是關於沙漏咖啡的回憶。

我剛抵達北京時寄住姊姊家，吃的第一頓晚飯，就在附近南鑼鼓巷裡新開的雲南飯館；接下來我連兩天拉肚子，瘦了一公斤。位於二環內胡同保留區的南鑼鼓巷，當時被選為優先整理美化的胡同，街面剛鋪起青磚，街邊老建築紛紛整建，或乾脆整棟仿古改建；不旋踵，整條巷子煥然一新，特色餐飲和飾品店如雨後春筍般冒出，吸引不少喜愛中式風情的外國人。便是在這巷子裡，我平生頭一回領教印度美食的魅力：馬沙拉之香的菠菜印度豆腐，從此成為我的另類鄉愁。

不知何時出現在南鑼鼓巷的沙漏咖啡，很快成為姊姊、姊夫下班後及假日經常流連之處。我自己的住處，當初由於工作關係，選在四環外、798藝術區附近；不過那週邊沒什麼好消遣去處，所以我跟姊姊聚會，基本都在離她們家近的地方，因此跟著去沙漏的次數也不少。沙漏其實很小，大門進去是條窄通道，布置著些花草盆栽，還有水缸，古意可愛；裡面單間屋，雅緻的老式雕花門板和窗戶，擺著幾件家具，有粗獷的木桌椅，以及幾張舊沙發椅。空間其實容納不了多少人，但就在這樣的小空間裡，週末還能有樂團表演；後來闖出名號的杭蓋樂隊，也算從沙漏發跡的吧。讓這個小空間這麼特別的，是當時的老闆，阿魯斯和烏拉。

阿魯斯和烏拉，兄弟檔攝影師兼咖啡館主人，蒙古族。兩人都不多話，不過阿魯斯很有個性，會把奧客轟出門的那種；烏拉總是安靜地、露出靦腆的笑容，在吧台後面忙著。週末在沙漏表演的樂團，通常是蒙古新疆來的北漂（即「漂流到北京的人」簡稱）。沒有現場表演的平常時刻，沙漏裡放的音樂，有民族也有西洋流行、鄉村樂；裡面坐的人，基

本上也都是些北漂，不少是從外國漂來的，以及常在洋人社交圈裡混的華人。沒錯，我們也屬於前述類別。沙漏咖啡，是這些無所歸屬的人，一個舒適的歇腳處；或者，像海港市鎮裡的小酒館，來來去去的跑船人，交換奇聞軼事的地方——只不過，這裡交換的是文化。

話說一間咖啡館播放的音樂，決定其氛圍情調，以及吸引的客群，當然也反映老闆的個性品味。我對蒙古傳統音樂的特殊愛好，或曰親近感，說不定來自基因深處：母親祖上是滿洲貴族，而滿蒙貴族有通婚傳統，所以我們理應帶有蒙古血統，只是不知成份多少。那遼闊的北方草原，我未曾親身踏上，卻藉著樂隊的歌聲神遊馳騁。但是沙漏的魅力不只在民族風情，而是對不同文化的兼容並蓄，如同其日常播放的音樂，熱情而溫柔。正是這寬容的態度，使其成為一眾文化浪人們的避風港。

幾年下來，隨著南鑼鼓巷愈來愈知名、愈來愈熱鬧，喧嘩無已時的遊客湧入巷子裡的各個咖啡館，包括沙漏在內。前面說過，阿魯斯可不喜歡奧客；也許是他跟客人的衝突漸多，或者其他原因，總之阿魯斯自己在附近不遠的隱蔽胡同裡，另外開了間小酒館，門口還故意寫著「私人會所，非請勿進」，只為擋掉好奇的遊客。烏拉一個人沒有繼續留太久，後來店也頂掉了。兄弟倆相繼離開沙漏之後，我們也不再去那兒；店裡的陳設雖然沒變，但靈魂已經不在，便無須眷戀。

與沙漏咖啡易主差不多同時，我最愛的印度餐廳馬沙拉之香，也被迫離開南鑼鼓巷。原本讓我們覺得饒有興味的各色店家，陸續被制式商店取代，後來大概只剩老字號的文字奶酪，仍然堅守陣地；不過文字也從原本的每日限量供應，順應輿情改成不限量，以致於

竟然傳出「網路評價兩極」這種當年我們無法想像的事情。被遊客擠爆的南鑼鼓巷，不再有我們容身之地；反正姊姊家也已搬出東二環，我們休閒活動的重心順勢轉移到三里屯。

在我看來，南鑼鼓巷的變遷，映照出我們這類懷抱文化理想的北漂，無法逃脫的宿命——好不容易養出一片生態豐富的美好林地，隨即引來庸俗的小花蔓澤蘭入侵，迅速覆蓋所有植株；表面看來綠意盎然、欣欣向榮，實際上單調無法支撐健全的生態系統，而原本蓬勃多樣的生命，在入侵者的嚴密覆蓋底下全部窒息死亡。不論移地重起爐灶多少次，同樣悲劇必定反覆上演，因為金錢掛帥的社會，就是庸俗最完美的生長環境。於是熱情和理想都耗盡之後，我們終於明白，成功所需的代價遠遠高過當初想像；而有些代價一旦付出，恐怕這輩子就要跟幸福快樂絕緣。成功的果實若變得酸澀，那就沒必要摘取了吧。不如歸去——最後我們作了同樣的選擇，姊姊多撐的那幾年，受更多辛苦；而和我最親近的北漂朋友們，也都陸續離開。那些年的豪情夢想，如同射入夜空的焰火，短暫燦爛轉瞬即逝；剩下彼此相濡以沫的回憶，存在我心底一方微暖的角落：胡同窄門裡有著可愛花草和魚缸的小通道，吧台後靦腆的笑容，昏黃燈光、雕花門窗和破舊沙發，菸味伴著異國情調的音樂，時斷時續的談話聲，以及窩在沙發裡、面露微笑，手中輕輕搖著紅酒杯的姊姊。

■ 相見唯有夢中

姊姊離開後的頭幾個月，我夢見過她好幾次。但是和一般所謂的「托夢」不同，夢裡的姊姊並沒有特別要交代我什麼事，就是平常家庭聚會的樣子，也有其他家人在場，彼此

交談的內容無關緊要，以致於我沒有印象；牢牢記住的，只有大家閒聊的同時，我腦子裡轉的念頭：「姊姊看起來還好啊，氣色正常，不像重病的樣子，所以應該會慢慢好起來，沒事的」。然後我醒來，發覺那只是南柯一夢：姊姊沒有好起來，我已經再也見不到她了。

關於夢和潛意識的連結，心理學方面討論的專著多如牛毛，我不便班門弄斧；不過前述夢境意涵非常容易解讀，就是潛意識裡，我沒有接受姊姊病故的事實，心思還停留在過去、陪病初期，懷抱希望努力的日子；或者，我癡心妄想她繼續留在我身邊，所以把後面恐怖的記憶從潛意識裡抹除，好讓自己能回到過去、改變其後的命運發展，像小說電視裡那些穿越劇演的一樣。無論如何，這種夢境並不能讓我醒來後心情比較舒坦，通常只是更加鬱悶——再度遭受事與願違的打擊。

過了一段時日（確切時間點我已搞不清），我夢見跟姊姊一起出行；這回我完全沒有想起她生病的事，就像往昔正常出門前往某處。我們來到火車站購票處，姊姊對售票員說了個地點，竟然跟我預期的目的地不同（雖然兩者我都不記得）；我大感意外，但並不打算改變自己的目的地，也沒開口要求姊姊換票，只是想著：「啊，原來她沒有要跟我去同個地方」。記不清夢裡是否送姊姊上了火車，醒來我真切感受到心裡沈甸甸的、基樁入土的堅決明白：往後我的人生路上不會再有姊姊提攜陪伴，得自己向前走了。

夜晚很奇妙，在所有人類文化裡，都是既危險又迷人，且無法逃離的存在。夜間之路需要月光來照亮，而月亮不會自己發光，只能反射太陽光；也就是說，太陽即使落到大地的背後，仍然能夠憑藉月之力，為夜行人照亮前路。太陽光芒過於強烈人眼無法直視，而

溫柔的月光則是美的象徵、眾人所愛；人的意識和潛意識之間的關係，也像日與夜：清醒時沒能準確抓出的想法、或不願面對的現實，化為夢境，在夜裡為自己指點迷津。月光雖可照出道路，卻無法直接把人送達目的地，到頭來還是得靠自己，謹慎邁步前進。

〈月華〉是姊姊所收藏，我的畫作之一；標題一語雙關：華既是花的同義字，也有光彩的意思。這是一幅想像之作，畫面主角的白色大花，並沒刻意符合哪個特定物種的樣貌，單純從我本能的造型喜好發出，最後長成曇花、荷花與木蘭的混合體、臉盆大小、清香流溢（請自行腦補），在靜謐的夜裡獨自盛開，彷彿地面上的月亮。這朵獨一無二的花代表一個人的真心：高貴而低調，與世無爭，以其美麗清芬，撫慰相遇的有緣人——那人雖已杳如黃鶴，那真心的樣貌，卻長久駐留我夢裡。

月華

■ 你到哪裡去了

人對於死亡的恐懼，基本來自於未知，加上被迫與親人分離的不捨；因此那些堅信自己和親人最終會在天堂相聚的人，通常不大畏懼死亡。至於人的肉體破滅之後，靈魂往哪裡去，各個宗教說法不一，也從沒哪個教派能在世人面前，以科學方法證明他們的說法為真、別派為誤。所以未知世界終歸未知，而多數古老文化描述的冥界，不過是人間生活的投射想像，因此才有那麼多龐大的墓葬，充滿原主人的日常生活用品或其模型作為陪葬，

所謂「事死如事生」是也。及至今日，喪葬祭儀隨時代多所變遷，但其理論根基並未動搖，只是把古早的陶土木器實物陪葬，換成紙紮模型，藉火燒化送給過世親人。

　　我們家人並無特定宗教信仰，自然也無法回答靈魂究竟去了哪裡；為免姊姊在陰間日子不痛快，寧可信其有，葬儀社建議該燒化的衣物用品一樣不少。不過，紙紮屋的部分，由於我覺得型錄上的樣品都不好看，姊姊生前又是建築師，這方面特別講究，給她一間俗氣的房子，未免不妥；另外找人設計製作，好像也不大現實，尤其時間趕不及。轉念一想，她那麼喜歡旅行，不如送一架飛機，附上護照信用卡，載著她到處玩吧；至於住處，以豪華旅館為家就行了。

　　姊姊天不假年驟然離世，對我們家人而言，打擊不啻晴天霹靂；我們自然也跟很多人一樣，試圖從種種蛛絲馬跡，證明與逝者之間的聯繫、期望對方在另一個世界平安快樂。姊姊走後，我陪姊夫到醫院出納櫃檯結清住院醫療費用，櫃檯小姐先是問一句：「人已經走了嗎？」我回答是，然後她說剛才在我近前時，聞到一股香味；通常她若聞到香味，表示病人已往生，而且去了好的地方。我謝謝她，心裡稍稍感到一點安慰。我們全家人去幫姊姊選墓地，符合地理師算過的方位，有一大片空穴可選，我在其間走來走去，尋找視野最好的位置；走到某個穴位，突然感覺似乎有電流通過雙腿，當即決定選擇此處。等到入厝之時，照例請地理師調整安放骨灰罈的角度，結果是正面朝前不用調，「因為她喜歡端正」。而那個座向，前方恰巧對著桃園機場的航線，可以好好欣賞來去起降、劃過天際的飛機。

我到台南處理後事之初，跟姊姊的同事一家人相約吃晚飯，在學校附近隨意選了一間小店；用餐之時，店裡播放的歌曲，竟然響起告別式上我們為她選的那首〈Memory〉。姊姊走後的第一個農曆年，大年初一早上，我在父母家，起床後走到放著姊姊相片的梳妝檯前，忽然聞到一股香味，瞬即消失；我努著鼻子再聞幾下，完全無蹤，確定不是窗外飄進來的。我跟父母說了，大家一致認為，是她回來看我們。同年農曆七月的某個夜裡，我夢見自己跟著姊姊來到一個大敞間，裡面擺著長桌、工具架、壁板之類的，看起來像是她的工作室。姊姊開心地指給我看一堆別人送她的玩具、還有滿桌食物，但她卻沒有要招呼我吃的意思——這很反常，因為她的樂趣之一就是帶我吃美食；而我也沒主動說要吃，因為注視著那些食物，隱隱似乎有黑氣透出。這是我所有關於姊姊的夢境裡面，唯一不認為是自己潛意識投射的；我希望那真的是她來傳訊息，在另一個世界過得開心。

　　古人相信好人死後會變成天上的星星，繼續守護自己所愛；那是沒有光害的年代，晴朗的夜晚一抬頭，看著恆河沙數的閃耀星光，想像裡面有自己的親人，彷彿可以再向他們打招呼、訴心事。城市裡的夜空，再晴朗也只能看到那幾顆一等星，就算親愛的人變成小星星，也見不到面……不過沒關係，我畫筆下的星空，永遠有你的位置；我所看見的，是你光芒四射，耀眼無比。

二七：
誰能化去我所有的怨恨和悲傷

■ 活著下地獄

　　記得我在北京剛安頓下來的那陣子，因為電視節目看不下去，只得看書打發閒暇時間；住家附近就一間小書店，裡面能看的書，也就是些中國古典文學，或者西洋名著翻譯本；於是我的書櫃裡陸續累積起這些以前不甚關心的高級文化讀物，其中一冊便是但丁的《神曲》。《神曲》分成〈地獄〉、〈煉獄〉、〈天堂〉三個篇章，裡面的宗教哲學我沒什麼興趣，印象最深的是地獄裡的那些酷刑，其實全部可以在中世紀的歷史書裡找到，換言之，那都是人間既有的刑罰；〈天堂〉篇章一開始，描述天堂的景象，就是一副窮極奢華的皇家派頭，對我這個崇尚節儉的鄉巴佬而言，簡直無聊透頂，根本懶得看下去。但丁的〈地獄〉和〈天堂〉，不過是人間兩極景象的投射，而華人傳統宗教裡的地獄酷刑，也都在歷史上真實發生過。回頭看看現在的新聞報導，陷入戰爭、飢荒、疫病的人們，其悲慘境況，常被形容為人間地獄。由此可見，地獄，從來就在人間；而活著下地獄的，往往不是為非作歹之徒，只是無法掌控自己命運的普通人。

　　神曲的〈地獄〉從上到下分為九層，其中第一層「靈薄獄」，裡面是生前沒有犯罪、但未受洗者；對於這些靈魂的描述是「有慾望而無希望，鬱鬱不樂但沒有痛苦」。前述痛

苦是指感官上的，也就是飢餓、火燒、刀鋸等等酷刑造成。換句話說，靈薄獄是精神地獄；而關於這個精神地獄的描述，聽起來竟然如此熟悉——這不就是憂鬱症嗎？甚至未必嚴重到憂鬱症的程度。所以，即使幸運地沒有遇上戰爭饑荒疫病等造成的肉身地獄，還有精神地獄在等著承平社會裡的你我。

可能是性格使然，我從青少年時期開始容易產生憂鬱傾向，而畫畫或製作小雕塑，便成為我最有效的情緒出口。不過，我的鬱悶通常直接來自與外在環境的扞格；若是日子過得順風順水，我可不會自尋煩惱。可惜，由於我的見解經常與眾不同、作風特立獨行，人為阻礙自然是家常便飯，所以最後順理成章走上藝術創作之路——只有投入大量的時間專心創作（等同於活在自己的世界裡），我才能化解掉那些日常積累的鬱悶之氣，維持心理平衡，不致於落入精神地獄。我曾經覺得自己與現實的搏鬥很辛苦，但也有點以此自豪；後來才明白，比起真正的苦其心志，從前的掙扎不過是小孩子扮家家酒。

姊姊生病期間，我雖然非常焦慮，但因為一直心懷希望（也可說是逃避現實），還談不上痛苦。等到至親回歸塵土，我的地獄就此降臨——每當我回憶與姊姊共處的時光，不論我想到什麼，都會像插播一樣，無預警地跳出那些讓我痛心的最後畫面：她瘦骨嶙峋的臉，吃力地認真對我說謝謝；她想告訴我手機的密碼，卻口齒不清，手指也無法觸控；她在加護病房，神智迷糊、驚恐地要求離開那兒；在葬儀社的會館裡，遺體化妝師跟我說明打算如何為姊姊化妝時，流下同情的眼淚……。即使回想我們最後一次共同出遊，到風光明媚的武陵農場，最先跳出來的畫面，一定是她為了追趕我的腳步（我明明要她去休息），

身體震動較大以致嘔吐不止的情景。我非常想念姊姊，但又無法想念她，因為那些恐怖的景象不斷反覆出現，讓我彷彿活在清醒的噩夢中。如果地獄就是反覆承受同樣的痛苦，那麼我毫無疑問已落入地獄。只有夜晚入睡之後，在我真正的夢裡，姊姊的樣子才恢復往日的平和愉快。

還有一種地獄叫做後悔。人是怕吃後悔藥的——因為那苦藥會打開精神地獄之門。我素來身體不好，耐力頗差，因此從沒想過只大兩歲的姊姊會比我早離世；意思就是，我不曾為了多一些時間跟她相處，去改變自己的計畫方向。姊姊最後在台南的那三年，因為距離比較近（二百多公里對我們來說算近的），我也比較空閒，有撥出一點時間去幫忙她，但顯然不足以為她分勞，否則她也不致於發病。人總是這樣，擁有的時候不懂珍惜，視為理所當然，等到失去了，才悔之無及。如果我那時沒有獨自先離開北京，把精力浪費在不可能的任務上（結果當然失敗了），而是留下來為她分憂解勞，那麼她今天說不定還在我身邊……。然而，如果做了那樣的決定，我的藝術創作應該也就達不到現在的高度。魚與熊掌無法兼得，當初選擇的時候並不明白後果是什麼。但不管我如何後悔自責、鞭笞內心，人生的道路無法重來。無論魚還是熊掌，我都已經失去了選擇權。

■ 擋我路者，連神都敢殺

我是那種會把悲傷轉換成憤怒的人。悲傷使人渾身無力甚至動彈不得，憤怒則帶給人積極行動的力量；我需要力量處理後事，以及繼續和現實搏鬥。但是憤怒給予的力量有個

缺點：不能停下來休息；內心怒火燃燒的強度提供相應的力量，火一旦熄滅無法復燃，便要墜入黑暗的深淵。所以那些無法休息的夜裡，我在人煙稀少的路上獨自疾行，感覺自己背上伸出八隻手，每隻手裡都握著兵器，然後頸部噴出一圈火焰，準備砍殺路上遇到的鬼怪。我想，那些路上即使真有鬼怪，應該也都被我的殺氣嚇跑了吧。

憤怒需要有發洩的對象。姊姊因病過世，非遭人戕害；不能尤人，就只能怨天了。姊姊曾經問過醫生朋友，為什麼自己會發胰臟癌；雖說她的生活方式不大健康，兩年前健檢也有紅字，有點膽沙問題，但不算嚴重，否則就會有所警惕而做些調整。醫生朋友的回答是：運氣不好啊。照這個邏輯，我更有理由怨恨掌管命運之神了。而我的怨恨到什麼程度呢？落入地獄的惡鬼，當然只懂得以牙還牙：既然神奪走我至親的性命，那我就要想辦法殺了神。

殺神其實算不得新鮮想法，尤其在古早萬物有靈的多神年代，人神衝突時有所聞。漫威角色裡有個屠神者戈爾，遭逢妻兒慘死之後，認為神根本不管人的死活，而決定要殺光世上所有的神。著名的宮崎駿動畫《魔法公主》裡的主要角色，煉鐵城市的統治者黑帽大人，為獲取森林資源，不但與動物神對戰，還想得到掌管森林的山獸神長生不死的能力，千方百計奪取山獸神首級。以前我看《魔法公主》的時候，對於黑帽大人的貪婪和膽大妄為十分厭惡；但當命運悲劇落到自身時，才發現自己其實比那人高尚不了多少。

話說從前我對神明的態度，基本承襲至聖先師的教誨：子不語，怪力亂神。我也不是無神論者；因為這世界確實按照一定的規律運行（物理學研究證明），既然有規律，必有

制定規律者，也就是神。至於神到底是什麼形態、管多寬、有多少級別，我既從未親身體驗過，亦不曾有任何科學證據擺在面前，因此態度就是存而不論。再者，我素來傾向跟所有權威保持距離，既不奉承也不招惹，所以想當然爾，我沒有求神拜佛的習慣。等到自己親姊病重命危，再拿香跟拜那些素昧平生的神明，好像說不過去；走投無路的我，只好默默在心中向那未知為何的神祝禱，希望祂延長姊姊的壽命，代價可以要我折壽、也可以勞務事奉。結果，神懶得理我。

好了，既然決定要殺神，總得擬出個執行辦法。可是，我連鬼都見不到，又如何能找到神之所在？真實世界可不像漫威那麼簡單，到處有神明現身給人暴打。無法當面對戰，剩下迂迴的辦法：神的力量來自人的信仰，若沒有信徒，神也就滅亡了；所以，我若能令所有人都不信神，便能殺神。但這工程太浩大了，遠遠超過我的能力範圍。多年前我曾對朋友說過：當人們不相信有地獄時，地獄就會來到人間。事實是，因為一直有很多人不相信地獄，所以地獄始終存在人間。如果我真的成功說服眾人不信神，最直接的效果，應該是人間地獄範圍擴大；而延燒開來的地獄之火，很可能波及自身和親友。結論是，執行殺神計畫對我自己沒有任何好處，放棄方為上策。

當你無法與對手決戰的時候，就只能和解了。於是我產生這樣的想法：如果把神比做一個人，那我們這些渺小的人，就像身體裡的細胞和血球吧；當身體出現傷口，白血球與細菌作戰犧牲後化為膿，被擠掉的時候，我可曾對它們有半分憐惜？或許我之後會留意避免受傷，但是對於已經犧牲掉的血球，連嘆息的念頭都沒有。神也是這個態度吧。不管我

們多麼努力，試圖讓這個世界變得比較好，到頭來累死病死意外死，神都不必憐惜，因為那是我們身為白血球的天職。世界按照既定的規則運行，抱怨或自憐皆無濟於事。

■ 摸著石頭過河

　　電視劇裡經常出現的台詞之一是：「我了解你的感受。」還好在現實生活中，我很少聽到這句台詞，因為那令我作嘔。不，你不了解，因為你沒有親身體驗過，你也沒有那種想像力，可以準確模擬超出自身經驗的感受。即使面臨同樣的處境，由於個體的差異性，每個人的感受也不盡相同。如果我們曾有相似的經歷，沒錯，你大概可以理解我的感覺到某種程度，但也只是大概而已；你不是我，永遠不可能真正了解我，因為連我自己，也要等事情發生後，才知道那是什麼感覺。

　　雖說我直到姊姊病入膏肓之前，一直保持審慎樂觀的態度，但我並非一廂情願之人，自然明白此病的凶險；也曾多次思考，如果姊姊離世，我會變成怎樣。但是不論我思考多少回，得到的唯一結論，就是我可以繼續活下去；至於其他，完全一片空白。我無法想像自己從未經歷過的世界，那個沒有姊姊的世界，會以什麼方式運轉，當然也無法為此預作準備。走一步算一步，摸著石頭過河，是我僅有的應變策略。

　　等到原本的世界真的崩塌之後，我清理廢墟的最高指導原則，便是猜想「這樣姊姊可能會滿意」，亦即事死如事生的概念。首先是葬禮問題。痛失愛女的母親，沒有心情應對弔唁親友，打算辦理只有家人參與的簡單儀式；然而我堅決反對，理由是重視人際關係的

姊姊，會希望大家能來送她最後一程。既然我堅持要舉行像樣的喪禮，那麼一切聯絡準備事宜，就由我一肩扛起。告別式當天，花籃輓聯排滿會場兩側，弔唁的賓客，包括專程從台南北上、由成功大學建築設計院長帶頭的系所同事和學生們，系友會代表，前後期同學，以及密西根大學在台校友會等等，坐滿了長椅，人數出乎意料的多，算是讓姊姊的最後一程，走得風光，也稍稍撫慰了我們家人。

告別式結束兩天後，我即至台南與成大相關單位接洽，安排處理姊姊研究室和宿舍的遺物。姊姊有藏書癖，留下堆積如山的書籍，其中多數是建築專業類別，又大又重，很有價值，但外行人如我不會去讀。我向來認為，書就是給人讀的，並非架上裝飾品，所以我不保留自己不想讀的書，更何況我也沒有那麼大的空間來存放。這些專業書籍的處理方式，要麼線上拍賣，不然就捐圖書館。我想，姊姊回母校任教，投入如此多心力在教學上，肯定希望自己能夠持續嘉惠學子，所以這批藏書最好的歸宿，自然是成功大學圖書館。此外，姊姊留下的歷年設計圖紙和檔案，都是她的心血結晶，也是值得建築系學生好好研究學習的材料。於是，我決定除了留一部分自己有興趣讀的書，其餘都捐贈給成大總圖書館，連同姊姊的著作檔案在內；藏書與圖書館藏重複的部分，則分贈給她的同事和學生。先前姊姊為成大校區做過一些設計案，包括總圖書館內的德國書房，所以校方慨然同意我的提案，並且用心製作了姊姊的關鍵字搜尋，在圖書館線上查詢系統，輸入「陳穎澤」，可以檢索她名下的贈書和著作。而我為答謝校方的支持，把寬幅兩米的雙併油畫大作〈聖地〉，捐贈給總圖書館；館方將其懸掛在一樓電梯旁的牆面上，出入書庫時皆可欣賞。

馬雅建築美學研究計畫，姊姊重病在床仍念茲在茲，這個年底要交結案報告的科技部補助研究計畫。這計畫從一開始我就參與協助，只是礙於科技部補助案關於近親的限制，沒有掛名而已，所以研究內容我十分清楚。姊姊最後一趟出國旅行，就在發病前兩個月，便是按照計畫內容，遠赴中美洲瓜地馬拉、宏都拉斯的馬雅遺址，進行拍攝和研究。由於補助金額有限，只能負擔一個人的旅費，而姊夫擔心旅途安危，於是自掏腰包隨行。此行姊姊拍攝了為數眾多的珍貴遺址照片，還沒來得及整理，便已發病。告別式過後我取得建築系同意，繼續使用姊姊的研究室，直至結案報告完成。雖然我無法以建築師的專業角度，分析馬雅建築美學，但是手上有如許多珍貴照片，加上從前身為顧問公司專案經理的能耐，寫出一本與預算規模相稱的結案報告，並非難事。

聖地

我花時間完成這件非必要之任務，純粹為了姊姊的遺願；她做事向來有始有終，到最後也應如此。

姊姊宿舍窗外的花壇，由於她沒有空閒蒔花種草，只有生命力堅強的日日春和蘆薈在其中自由生長。不過姊姊會認真澆水，也很在意花開的狀況，即使是如此平凡的花朵。我剛回宿舍整理時，花壇的日日春早已全數枯死；但我知道土裡必定有其種子，於是開始持續澆水，然後看著小苗一一冒出，逐漸長大，終於在我把所有事務處理完、清空宿舍歸還

校方前，花兒再度盛開，彷彿為我送行，又好似在告訴我，姊姊留在成大的遺澤，將如花盛開。

熟悉的世界崩塌之時，我也跟著四分五裂；藉著以符合姊姊心意的方式，把遺物一件件處理妥當，也把自己一塊塊拼湊回來。不過，碎片接起來並不會回復原本完整的狀態，而是像科學怪人（Frankenstein）一般，渾身傷疤的醜陋怪物。但是怪物也有求生本能；支離破碎並非我願，世界不友善亦無可奈何，既然存在，存在即合理，那麼，且讓我奮力活下去。

■ 閉口不言比較好

歷經半年多時間，所有後事處理完畢、我自己家也從台東搬到台北，塵埃落定之後，理應調整好步調，重新恢復正常生活；但是我除了探視父母、與主動來看我的朋友會面、以及極少數必須出席的場合，其他時間以長期勞累身體透支為藉口，自己關在新家裡，除了睡覺、看書、看電視，什麼事都不做，也不畫畫，就這樣過了大約兩個月。其實一直以來我沒有向任何人訴苦，一則我本來就不喜歡訴苦，從前真要抱怨什麼，大多數時候只對姊姊說，因為她是最能夠理解我的人；既然最佳聽眾已經不在，我也就不想開口了，因為聽的人無法體會，說的人也覺得沒意思。再者，情緒是會傳染的，即使好朋友願意承擔，我也不想把悲傷傳染給他們；我寧願朋友開車載我去郊外欣賞風景，或者親自下廚做美食給我吃，把他們的正能量分一點給我——不過這是在台東才有的特權，來到台北就只能靠

自己，或心理醫生了。基本上我滿認同心理醫生／諮商師的功能，如果我真覺得需要找人談談、開導一下轉換想法，我會尋求專業人士協助，因為他們比較不容易被求助者的負面情緒感染。然而，醫師並不能解決外在環境造成的實質障礙，亦即我壓力的根源；光是轉換想法這方面，我自認有足夠能力處理，不必勞煩他們。

從居住了九年的台東再度回到台北，我曾經考慮轉換工作跑道——卸下職業畫家的身分，轉向藝術圈的其他工作，例如博覽會、拍賣公司之類的；主要理由是身體和心理上都難以持續創作。大約四、五年前，我開始對油料出現過敏反應：一天工作結束後，臉上皮膚呈現類似橘子皮的狀態，凹凸不平且泛紅，但睡一覺起來就恢復正常。後來情況慢慢惡化，皮膚問題之外又加上呼吸有雜音，推測是氣管輕微收縮所致。至於到底是對油畫顏料稀釋劑過敏，或是亞麻仁油本身，我無從驗證。事實上我從學油畫之初，在芝加哥藝術學院，就採用無味油繪稀釋劑，而非傳統的松節油來稀釋顏料，因為學校規定如此，為學生健康著想。無味油繪稀釋劑已經是揮發性最低的選擇，沒有其他更健康的替代品可用，而亞麻仁油是管狀顏料的基本填充料，當然也無法替代。過敏導致的氣管收縮，若更嚴重下去，演變成氣喘，那就有危及性命的可能。所以這也許會變成，要事業還是要命的問題了。對於一個熱愛且鑽研油畫二十年的職業畫家而言，當然是非常殘忍的命運玩笑；我本來是打算賭上性命的，但姊姊過世改變了一切。

少了姊姊，我就不能賭命了，得扛下照顧父母的責任；這下必須好好考慮該怎麼面對問題、規劃未來。除了身體過敏，我的心理也出現過敏狀態：我不想說話，也不想畫畫，

因為藝術創作的本質其實是與人溝通的欲望，而我已無心與人溝通，基本上也無法持續以創作為業了。所以那段關在家看書的時間，我看的都是藝術史相關書籍，為之後的工作機會鋪路。大師們的精彩作品看多了，我的手又癢起來，想畫畫。其時正值盛夏，整天緊閉門窗開冷氣，若是畫油畫，產生的揮發性氣體排不出去，又將刺激我的呼吸道，引起過敏，說不定比之前更嚴重；於是我拿出封存已久的水彩，從小幅開始畫起。重拾水彩畫筆，並不意味著我打算從油畫家轉身變成水彩畫家，單純只是為了讓自己開心，就跟小時候拿畫筆的目的一樣。回歸初心。無論命運將我帶向何方，我都要緊抓著畫筆；為了藝術，為了愛。

■ 還有什麼可怕的

「你不會無依無靠，還有我在。」這是十幾年前姊姊對我說過的，也是這世上唯一曾這麼告訴我的人。我並不是在抱怨其他人，因為我自己也從沒對任何人說過這句話；你怎麼對人，人怎麼對你，很公平。我會在自己的能力範圍內幫助別人，但從沒打算成為任何人的依靠；坦白說，要我這個從十八歲就動輒發腰痛的半殘廢，去當某人的依靠，也未免太強人所難。不過，根本上的想法，我認為正常人就該為自己的人生負責，偶然時運不濟，接受別人幫助，事後也是要還的；選錯了人生道路，自己就吞下苦果，不應讓別人承擔。我所謂的依靠，是指遇到真正的困難時，有人會伸出援手，幫忙渡過難關。但是，如果身邊的人認為我選擇藝術創作為人生道路是個錯誤，自然不用指望得到什麼幫助，所以當年我才興起無依無靠之嘆。姊姊願意成為我的依靠，當然是愛我，但也是因為她相信我，不

會把依靠變成依賴，也不會朝著錯誤的道路一意孤行。

　　我認為在世上，信任最為難得；對於與眾不同之人，尤其如此。一般人不接受跟自己不同的意見想法，更討厭才能勝過自己的人，這就是為何天才總是寂寞──不只無法被理解，還會被排斥。我不是天才，所以沒那麼寂寞，總是能交到朋友，但也總是只有那些心胸特別寬大的非常人。不過，接納我是信任我的人品，不等於完全認同我的見解。真正的信任是即使無法理解，仍然相信對方的思想與所作所為皆屬正當；在我的人生經驗裡，能做到的只有外婆和姊姊。雖說姊姊和我一起長大，確實是最能理解我的人，可也沒到百分百的程度，畢竟我們個性差異不小；但是她始終相信我，支持我所做的重要決定。

　　其實一直以來姊姊都是我的依靠，年幼時不用說，即使成年後也是如此；只是這依靠太理所當然了，而我又自溺於獨立自主的想像，以致忽略其存在的關鍵性。當年我堅持頂著沈重的經濟壓力，遠赴芝加哥藝術學院，理由是我想看看廣大的世界，在世界頂尖的環境中學習；但也許內心深處真正的願望，是想知道讓姊姊流連不返的國度，究竟是什麼模樣。十幾小時的長途飛行，被夾在經濟艙中間座位動彈不得，下機隔天睡醒我的腰痛就大爆發，幾乎無法走路。幸好當時借住在父母的朋友家，姊姊也趁工作空檔來到芝加哥，第一時間有人照料。雖然之後幾個月的復健我得獨自面對，但至少最初的心理衝擊被擋下不少。留美期間由於阮囊羞澀，基本沒有娛樂預算，遑論旅遊；長假期間去紐約跟姊姊住，是我深入理解這個當代世界藝術首都的途徑。

　　幾年後我接下北京的工作，其中一個重要原因也是姊姊已經先在那兒了，可以有個照

應；又或者潛意識裡，其實是為了想跟她住在同個城市。我抵達北京才發現事情跟預期落差很大，前老闆提供的資訊並不確實；淒淒惶惶中過的那個生日，是姊姊帶我去當地首屈一指的俄羅斯餐廳，用美食來安慰我的心情。對於這個新舊衝突、土洋交錯的古老城市，除了東北四環那一小塊區域，其他部分都是在姊姊帶領下認識的。即使我沒開口求助，她理所當然認為有照顧我的責任；我在她的羽翼下生活而不覺，尚且矜誇所謂的獨立精神。

過去曾有好些人稱讚我勇敢，但我認為這是過譽。我選擇的道路確實困難，可是並不危險，至少不會失去性命、或者落到一無所有的地步——再怎麼落魄，我至少還擁有藝術，跟可以依靠的姊姊。面對困難需要一定的勇氣，不過像我這種骨子裡喜歡挑戰的人，困難本身就是一種吸引力，跟鴉片之於癮君子差不多。困難不能阻止我前進，但是危險可以；不願面對危險的人，談不上真正的勇敢。如今我的依靠已經不在，但是不安、恐懼和猶豫反而退去；因為她曾經相信我，有能力選擇正確的道路，所以我也要相信自己，腳踏實地、堅定向前行。

■ 如果有來生

跟許多藝術家一樣，我的性情中帶有自我毀滅的傾向；沒有付諸實踐的原因，是我的處境從未糟糕到無法有尊嚴地活著——只要還能挺直腰桿做人，再鬱悶也得堅持住，這是原則問題；尚未走投無路就先自我放棄，那叫做怯懦，絕非我輩所為。身為思想與眾不同、身體又不健康的邊緣人，這輩子忙著對抗人世間種種成見與劣習，經常精疲力竭、少有痛

快之時，自然滋生「生亦何歡，死亦何苦」之慨。所以，我並不怕死，對於所謂的轉世投胎也毫無興趣；我最期望的，是像那些科學至上派所言，人死燈滅，什麼都不留下；若不幸死後果然有知，我希望有辦法讓自己魂飛魄散、消失於無形；若真大不幸必須投胎，我寧願變成鳥，最好是老鷹，至不濟麻雀也行，反正就是不願為人。

但那是以前的想法。在醫院裡看著姊姊一直用堅強的意志，奮力求生到最後，我不禁自問，為什麼她對這個世界有這麼多留戀，而我卻巴不得自己早點超生？論生活的辛苦，姊姊絕對多過我；光算加班熬夜的時間，就不知多少，還要應付品味不高的業主、經常出包的廠商、僵化卸責的行政單位；雖說她吃喝玩樂的福份也遠勝於我，但相較於辛苦工作的時數，享樂的日子畢竟少，而且其實這世上令她看不順眼的事情比我還多，因為她對秩序之美更加講究。歸根究底，這是情感秤量的問題：用物體密度來比喻的話，快樂的部分體積雖小但密度大，好比黃金，辛苦的部分體積大密度小，像是木頭；放在天秤的兩端，一小塊黃金的重量勝過一大塊木頭，所以人生雖然辛苦還是值得為了活著而奮鬥。像我這樣把快樂跟辛苦的比重視為相同，天秤自然向辛苦那端重重落下，人生也就沒什麼值得留戀了。換句話說，我活得不耐煩基本上是不懂惜福的緣故：自己明明擁有一些別人再怎麼努力也得不到的東西，卻把真金當黃銅，浪費了大半輩子給鬱悶。姊姊走了之後，悔不當初的我，這才終於明白「人身難得」的意義。

如果姊姊沒有英年早逝，而是活到七老八十才走，那我對死後世界大概不會有太多想法，人死燈滅也罷、轉世投胎也好，都無所謂，因為凡人皆有一死，活得精彩，才是重點，

而她無論做什麼皆全力以赴，人生肯定精彩。但現實是她還有那麼多想做的事、捨不得的人，生命卻出乎意料嘎然而止，當然非常遺憾；再加上我自己頓失依靠，精神大受打擊，讓我無法不希冀人死後有知，且存在能使其過得適意的空間。我曾經期望姊姊的魂魄在我為她打造的美麗風景裡駐留，等我大限到了再與她會合，一起遨遊天際；或者她在等我的期間，可以搭乘我送她的飛機，自己先到處玩玩。我也曾考慮過，雖然轉世投胎依舊不是我偏好的選擇，但如果能和姊姊再續前緣，那我也可以接受。不過後來我改變了想法：要她獨自遊蕩等待我不知多少年，實在太自私；投胎再生如果沒有前世的記憶，那麼相遇與否，意義也不大；我只希望她能隨著自己的喜好，任意所之，不需受我牽絆。因為愛，我放她自由。

三七：
既然活著，就得活出滋味

■ 我絕不能倒下

　　有超過十個月的時間，我鎮日烏雲罩頂，不論什麼情況心情都是陰鬱的：美食當前，食之無味；偶爾和朋友聚會，表面上談笑如常，內心卻面無表情，絲毫不覺喜悅。那時我覺得自己的餘生就這種狀態了：快樂已然無緣，以前嚮往而未可得之事物，現在就算得到，業已毫無歡欣滋味；進入生無可戀的狀態，但也沒理由去死，何況目前尚有未盡之責任，所以得儘量保持身體健康，以利生活運作，等到責任了卻，便可自我放逐。極目望去，只有地獄等在前方；如果能夠爬出地獄，或許會有解脫，但幸福的可能早已煙消雲散。

　　對我而言，必須努力求取自己不感興趣的東西，不啻地獄，自己能夠在地獄裡堅持多久，著實沒有把握；多年來我靠著藝術創作避免自己陷入地獄，然而那時我連創作的興趣都失去了。但是，我絕不能倒下。若我陷入頹廢、自我放棄，意味著可惡的命運之神贏了，不但奪去我素來依靠的至親，還把懷才不遇潦倒以終的詛咒在我身上實現。縱使殺不了神，我也堅決不服從祂預設的悲慘命運。在雙重打擊同時降臨的情況下：失去最重要的人、身體又出問題危及一生懸命的創作，按照大眾對藝術家性格的預設劇本，我應該痛苦憂鬱、沉緬酒精、怨天尤人導致眾叛親離，最後以精神病院或自殺了結……歷史上好些名畫家，

不都是走上這條路麼。但是，我不會按照劇本走。無論處於怎樣的劣勢，我都不會把自己視為弱者。愈是困難的時候，愈得挺起胸膛；因為如果連鬥志都失去了，那便真的萬劫不復。虎落平陽，仍是一頭虎；秦瓊賣馬，還是秦瓊。有能力有自信，必然會找到生路。

　　其實我覺得，要擺脫悲傷不容易，但挺起胸膛並不難；只要我想起，姊姊會希望我怎樣過日子，答案就很明顯了：她絕對不願意我為了她而萎靡不振，也不要我過著味同嚼蠟的生活。如果愛一個人的最高表現是符合對方的期望，那毫無疑問我應該把日子過得有滋有味。但是，該怎麼做？目標方向在哪裡？身處困境，第一步也是最重要的一步：面對現實。現實是我同時有情緒、身體和職業生涯的問題，三者互相影響，但前二者為決定的關鍵，得先處理。俗話說，時間是治療悲傷最有效的藥，所以我得給自己時間，練習把那些可怕的記憶往深處推，最好不要再想起；同時做些讓精神放鬆的事，儘量把家裡布置得美觀舒適，在家聽音樂看書，不時外出往風景處走動。興致來的時候，就拿起畫筆，重新找感覺。接下來承認無法靠自己復原身體，於是看中醫調養到一定程度，再上健身房提升體能。情緒問題的最後一關：解決文字失語症，這四十九封信於焉誕生。路途崎嶇，但憑愛與意志力掃除前方障礙。

　　〈荒漠甘泉〉是二〇一六年我企圖尋求風格突破的嘗試之作，畫面為即興構成，反映當時的心境：在沙漠中尋找續命的綠洲。右側的仙人掌花是畫面亮點，因為我對仙人掌花情有獨鍾。大自然多麼奇妙，莖桿臃腫粗糙且多刺、姿態笨拙毫無美感的仙人掌，開出的花朵竟如此美豔脫俗；彷彿在說，艱困處境中為保住性命而放棄優雅姿態的人，一旦喜逢

甘霖，潛藏的內在美便迅即顯露、令人驚豔。多麼勵志。如果不幸掉進沙漠，就成為一株仙人掌吧；雨水再少，終將落下，把握機會全力綻放，生生不息。

荒漠甘泉

■ 沒有人記得，就像從未活過

安慰失去親人者最常用的說詞之一，便是「他永遠活在你心裡」；傳統的祖先神主牌、祭祀香火，則更加明確表示，只要有人敬拜，逝者的靈魂便持續存在。所以家族為延續香火（以保證自己死後靈魂不滅），應對沒有子嗣的情況，想出了過繼這招；製作家譜，則是多買個保險的概念。封神的意義基本相同：受過逝者恩惠的眾人，希望祂的靈魂繼續存在，像生前一樣幫助大家，故而集資建廟祭祀；敬拜的人愈多，神明的力量愈大，也就是說，生者的思念，給予逝者靈魂以力量。能被封神的畢竟是極少數，所以著書立說成為多數人的選擇，希望自己的名聲能流傳下去；至不濟，好歹生個孩子，讓名字得以登錄家譜；因為，如果沒有人記得，無論生前還是死後，都和從來沒活過一樣。

本來我這個胸無大志之人，並不在乎死後留名這種事——我根本不希望自己死後有知，又何必有人來延續我的靈魂力量。雖說畫家的名字可隨作品流傳後世，但這並非我入行的理由，我只是想以自己最喜歡做的事情為職業而已；至於畫技不斷精益求精，乃是因

為喜歡自我挑戰，與藝術市場無關。如果毋須成名也可以按照自己的意思維持生活，那麼名氣又與我何干——可惜理想很豐滿，現實很骨感，名氣畢竟是畫家生存的必需品，以致我不得不浪費生命在自我行銷上。話說回來，姊姊和我一樣都沒有子嗣，我們的名字不會出現在任何人的家譜上；我在世之時當然一直會非常思念她，但我死後，又有誰惦記著她、提供她靈魂存續的能量呢？當初她那麼留戀這個世界，說不定想再維持久些聯繫啊。我把姊姊的藏書和著作捐給學校圖書館，也是希望不斷有從中獲益之人，會感謝和紀念她。不過，這樣足夠嗎？

姊姊曾經買過英國女歌手莎黛（Sade）的專輯《戀人石》（Lovers Rock），我也就順手把歌曲灌進自己電腦裡；其中一首〈唯有愛能領妳渡過〉（It's Only Love That Gets You Through），溫柔、滄桑而感傷的嗓音，唱著「無論如何妳已抵達彼岸，妳沒有白白受苦，妳知道唯有愛能領妳渡過」，姊姊過世後聽在我耳裡，歌詞裡的彼岸彷彿指的是另一個世界，而這首便是我獻給她的悼歌，因為其它句子「妳愛的方式令人讚嘆、愛是仁慈且付出不求回報……」等等，拿來形容姊姊，也很適合。

從前我就對跨越／渡過水域、抵達彼岸的題材頗感興趣，油畫作品〈橋〉便是其中代表，不過那時的彼岸可不是另一個世界，只是通往目的地的途徑。畫面裡的橋，是多年前我參加朋友的登山隊南華山奇萊東峰行程，途中經過的；吊橋的吊索被我為了構圖美觀而省略，但並不因此顯得危墜，反倒在明亮的陽光中呈現一派開敞的朝氣，彷彿過了橋便踏上前往美麗新世界的正途。我偏愛這橋，潛意識的理由應該是自己踏上藝術道路後的人生，

經常四處碰壁、窒礙難行，自然期望能找到一座跨越惡水的橋，順利前往自己的樂土。但現實人生道路上的橋可沒那麼容易跨越，過橋費高昂不說，還可能歹運碰見要命的弁慶；彼岸的路途也有遇到斷崖落石、蜂螫蛇咬的危險；終於登上頂峰，搞不好卻是雨霧籠罩、一片茫然，什麼也看不見，原本對美景的期待完全落空，如同那年登山經歷。所以，我徘徊良久，出發又撤退，反反覆覆，不知代價是否值得，不知是否應該對自己的困

橋

局、習慣就好。然而現在不同了。我的肩頭背負著姊姊的記憶，若不能前進，她就會消散。除了過橋，我已別無選擇。

■ 你想要怎樣的人生

　　說到把日子過得有滋味，得先確認能讓自己覺得幸福的，是什麼滋味，然後依此設定人生目標，再來努力朝前邁進；最終能達標，便可謂成功人生。但如果設定的目標不符合積極進取的社會價值觀，就算心願完成，也不會受到大眾讚賞，甚至可能被訕笑。不過，我從青少年時代起，就不甚在意別人的看法，這也導致我的人生軌跡被大眾視為異常。記得是在北京的頭一兩年吧，有位與我年齡相近、經常結伴看展覽的藝術記者，某天問我，可以想像十年後的自己，在什麼位置嗎？我愣了一下，因為已經很久沒考慮過兩年以上的

計畫；我不願吹牛，又確實沒有具體的想法，便回答說：希望到時能自由自在吧。也許就是這個回答，讓對方覺得毋須認真看待我的創作，最終彼此斷絕了往來。至於那個大哉問的十年限期真正到來時，我在做什麼呢？嗯，我回到自己心繫多年的台東，居住的公寓客廳落地窗外正對著都蘭山，同時可以望見海面；每天工作和休息時間自己安排，創作內容也自己決定；出門可以避開人群四處欣賞山海美景，在家可以招呼三五好友開美食美酒派對。自由自在。十年前的目標達成。可惜，我的理想生活，其實是沙灘上的城堡，從來沒穩固過，現在業已流失。連這麼單純的人生目標，我都未能成功。

　　活到這個年紀、經歷無數挫折，我深刻體認「凡事皆有代價」的道理，一路上也付出過非常高昂的代價，物質和非物質皆有；可是，為何我仍無法成功保住喜愛的簡單生活？當然啦，付出代價卻換不到應有的報償，本屬家常便飯，否則何來「命運弄人」一詞；不過，細細想來，從前我付出的代價都是自主決定、非受人所迫，也不曾為了任何人改變自己的人生目標。或許關鍵在這裡：我沒有真正體會過「被剝奪感」，是以痛苦不夠深刻，不足以支付成功人生的代價。而現在，我懂了。

　　跟我比較起來，姊姊的人生觀正常多了。雖然像她這樣及時行樂的性格較為少見，在其他方面都頗標準：升學考試第一志願，職業生涯選擇符合社會期待，人際關係處理廣受好評，因為她在乎周遭人的想法和感受；大家眼裡，她是個特別的好人，而我則是異類。造成我們人生觀差異甚大的因素，天生性格恐非主因，家庭背景和出生排行扮演更關鍵的角色。

身為祖父的長孫女、也是唯一的寵孫，從小承歡膝下、聽祖父講述比眾多戲劇小說更精彩的家族故事，姊姊一直把家門歷史傳承放在心上，雖然平常不太張揚。我們家族在歷史上曾經非常顯赫：海寧陳家，明清兩朝一門三宰相，進士三十一名、舉人逾百、秀才近千；乾隆皇帝下江南，四次駐蹕陳家的安瀾園，寵遇之隆，以致傳出乾隆為陳氏子的無稽之談。太平天國攻入海寧城，把安瀾園夷為平地，留守老家的陳氏族人被屠戮殆盡；我們的五世祖、《庸閒齋筆記》作者陳其元，當時在外地做小官，逃過一劫，隨即投入李鴻章幕下，後又轉至左宗棠麾下，受到左相賞識，江南平定後曾任上海知府，年老退休在蘇州附近置起一份家業，便沒再回海寧了，所以祖父幼年在蘇州生活。然而改朝換代、民國興起，多數土地歸公加上經營不善，祖父未滿十五歲失去雙親，家族支持他讀完高中，已無力再供他上大學，只好進入銀行當學徒。

　　動盪的年代中，祖父大江南北遷移，努力撐持家計；抗戰勝利後，好不容易在上海商場做出點小局面，共產黨一來又化為烏有。攜家帶眷逃到台灣，囊橐空空，一家人只得分開寄居親戚處；賴祖父日夜工作，熬過兩三年，總算家人又能聚在同個屋簷下。父親的少年時代在這樣的困頓中度過，激勵他認真向學，憑著自身的聰明才智，拿到美國西北大學博士學位，並當上台灣大學物理系教授；書香門第的招牌，總算得以再度掛起。兩岸通航之後，我們數次隨父親回海寧尋根，憑著台大教授、海寧陳家的頭銜，每次地方官員都客氣接待。

　　通常孩子的價值觀，繼承自最寵愛他的長輩；心心念念於家門榮耀的祖父，顯然也把

這份牽掛傳給了姊姊。所以姊姊從求學到工作，無不全力以赴，人際方面也是：積極維繫親戚關係，對於同學朋友的求助，幾乎有求必應。回到母校成功大學任教，在學生身上付出超乎常情的心力之外，尚且孜孜矻矻於研究，希望自己留下學術著作。姊姊的藏書癖，多半也跟書香門第的概念有關：嚮往家族故事裡，那些博覽群書、醫卜星相無所不知的優秀先人們。至於我麼，在封建家庭裡，次子只是備胎，次女更加無足輕重，沒人期望我這輩子有什麼出息，我也就樂得按照自己的意願，探索人生道路。

從如此特別的家庭環境中長成，好處是自然學會謙虛低調：與神童天才輩出的先人們相較，自己這點智商根本不算什麼，沒本錢驕傲；祖宗的輝煌成就不代表我個人素質，且家族影響力早已煙消雲散，如果自己沒有與家門名聲相稱的表現，動輒把出身高貴掛在口上炫耀，只會招來旁人訕笑。而聽多了家族秘辛，對於世事興衰變幻、富貴如浮雲，自然有某種程度的理解，定力比較夠，不輕易為小事動搖，也不以勢利眼看人。自信無需張揚，便是名門格調。

過去我沒把功名放在心上，也不覺得自己需要為家族歷史作任何努力，如今想法業已改變；姊姊被剝奪的人生願望，得由家人來想辦法實現，我該收拾起原本的遁世態度，入紅塵認真打拼。中年立志，但願為時未晚；雖說命運的天秤哪端落下非我所知，人生素來成功者少敗者多，然而全力一搏，或有「自助者人助之」的機會。幾年前，老家社區院子裡的大樟樹，被颱風連根拔起，原本已成廢棄物清運的命，枝葉都鋸光了，剩下粗大主幹，等待大型吊車處理。吊車遲遲未至，倒臥草地上的樹幹，竟冒出新芽，且迅速抽枝長葉。

這強大的生命力，感動了管委會主委，吊車來時沒移除樹幹，而是另掘一穴，將其扶正種下。現在那棵大樹，又已青枝綠葉、團團如蓋。我願效法那樹，絕境求生，永不放棄。

■ 我欲乘風歸去

　　如果沒有姊姊做榜樣，我或許不知該如何長大。幼年的我，脾氣暴躁、膽子卻小，姊姊去哪都要緊跟著，不折不扣是隻跟屁蟲。唸小學時，姊姊班上同學都認識我，因為我動不動就跑去高年級教室找她。姊姊是學校的明星學生，老師們省不得要拿我跟她比較；好在大家最重視的學業成績，我不致輸於她，否則日子就難過了——因為我倔強又怯懦的矛盾個性，著實上不了枱盤；曾有搞不清狀況的老師，因為我考試第一名，就叫我當班長，但是我完全沒有領導能力，結果班上雞飛狗跳，我也隨即被撤職。而姊姊總是從容大方，當班級幹部也很稱職。那時候小學裡有所謂五育獎章：德、智、體、群、美；我們姊妹倆體育都不好，註定缺一門，但我比姊姊又多缺一門——老師們再怎麼重視考試第一的學生，也知道不能給我群育獎章，因為我跟「合群」這個詞，真的是八竿子打不著關係。

　　高中聯考填志願時，我想到姊姊在大家的第一志願、北一女中的生活，顯然並不愉快；連她都不能處之泰然的學校，就我這臭脾氣，在那兒日子可能會過不下去，所以便將第一志願填上師大附中，於是得到三年愉快的高中生活，以及維繫超過三十年的友誼。輪到大學聯考填志願，班上喜愛畫畫的兩位同學，都選擇了建築系，然而我沒有，因為我很早就明白，自己缺乏姊姊那般的空間設計才能；如果我進建築系，這輩子大概只能做姊姊的下

手，但我想要擁有一片自己的天空，即使不確定那片天在何方。所以我選了出路廣、自己也算有點興趣的化學；至於對美術的需求，就到社團裡尋找，也順便找著了另一群數十年好友。若不是姊姊在前頭，讓我看清那些不適合自己的道路，我的大好青春可能被鬱悶給糟蹋掉，又或許得繞更遠的路，才找到自己的方向。

　　後來重要的人生決定，不論前往美國求學、或去北京工作，如果不是姊姊已經先在當地，很難說我是否會下同樣決斷；即使決心不變，吃的苦頭肯定要多得多，搞不好會打退堂鼓。姊姊一路上幫我擋掉不少風雨，但她不斷遷移的人生，卻總是獨自面對新環境的挑戰，勇往直前，無所畏懼。她的自信和勇氣，讓我驚羨，她的異地經歷，開了我的眼界，也給我遠行的動力。姊姊是我人生的開路先鋒，她讓我明白，原來自己也長了一雙翅膀，有能力翱翔天際；我所有的成就，永遠都有她一份。

起鷹

〈起鷹〉是我二〇一一年的墾丁紀事系列作品之一，我在構思該系列時，刻意不用任何參考圖片，全憑記憶和感覺來創作，當成挑戰自己的新嘗試。猛禽過境是秋季墾丁的一大盛事，清晨鷹群出發前往下個目的地時，會沿著上升氣流盤旋至高空，場面壯觀，稱為「起鷹」，每年都吸引大批賞鳥觀眾；當年我去墾丁遊玩，有幸在朋友的帶領下，邂逅此特色美景。有趣的是，我把這件作品展示給姊姊看時，她竟脫口而出：鳥太多。雖說畫

面上的鳥確實比我當場見到的多些（創作難免加油添醋），但實際上起鷹尖峰時刻的鳥群，密集度絕對勝過我的描繪。嫌鳥太多，只是反應她不喜歡群聚而已。

說姊姊不喜歡群聚，好像很奇怪，因為她認識非常多人，社交往來十分頻繁，週末幾乎都有活動要參加；然而，擅長交際只是表面，其實內心嚮往清淨孤獨。人覺得最自在的時刻，是身邊皆為可以理解自己的人；而每個人的想法形塑自個人生活經驗，尤其是成長的家庭環境，所以像我們這樣家庭背景特殊的人，思想自然與眾不同，要遇到能夠理解的人，機率真的不高。多數人排斥跟自己不同的人，若要融入人群，便得隱藏自己真正的想法，作為妥協。身為建築師，無論從哪個方面看，合群都很重要，姊姊的交際能力，可說是因為需要而鍛鍊出來的。不只人際關係，姊姊的設計，也是一種高度藝術化的妥協；連暴發戶最愛的庸俗新巴洛克風格，在她的巧思下，都能變成貴氣中帶著趣味，令人眼睛發亮、嘖嘖稱賞的設計作品。但其實不斷地妥協，是很累人的，她之所以積勞成疾，心理負擔應該也佔不少成份。

我天性不樂意妥協，獨來獨往慣了，生活中只要有幾位可來往的朋友，日子便過得舒心；然而這樣性格的人，不會有影響力。隨著年齒增長，我逐漸理解，很多時候堅持己見，不過是執念：因為沒看到事情的另一面，才把所謂正確的作法，範圍定義得如此狹隘。學會理解與寬容，妥協便不成其為妥協，而是找到一條比較好的出路。我想要飛得更遠，就需要更多同伴，也得學會順勢而為，乘風而起。我願帶著姊姊無畏的精神，在夢想的天空中，自由飛翔。

■ 青雲路上你和我

　　〈仿燕文貴奇峰萬木〉是我二〇一八年展出的古調新聲系列油畫作品之一，被姊姊和姊夫所收藏；我又給這幅畫下了個副標題「青雲路」。古調新聲系列可謂我向中國歷代山水畫大師致敬之舉：選取宋代至清初幾位名家的山水畫作，水墨或設色清淡者，用油畫重新詮釋；學習山水布局和轉換線條表現法的同時，特別著重將原畫留白的部分——天空和水面，賦予生動絢麗的色彩，既保留原畫特色，又凸顯我的個人表現風格。這幅青雲路，是那批十件仿古作品中我最喜愛的，本來打算自己留著，但姊姊看中要收藏；既然是自家人，想著反正可以常見到畫，便割愛了。

　　「青雲路」這個副標題，自然是由於我把雲彩設為青綠色，但此一靈感其實來自乾隆

仿燕文貴奇峰萬木

皇帝——〈燕文貴奇峰萬木〉收藏於台北故宮博物院，冊頁裝裱，其對頁為乾隆御製詩：「不為閒點綴，惟是具雄渾，樹結琳琅藪，峰開虎豹門。青雲原有路，玉筍若無根，相國寺中壁，空存高益言。」詩的前四句和第六句形容畫面，另三句典故出自畫家的發跡過程：燕文貴原本是軍中僕役，於宋太宗朝駕舟至京師，受高益舉薦，進入翰林圖畫院，參與相國寺與玉清昭應宮壁畫製作，真宗時升任圖畫院祗候。所以，高益和相國寺壁畫，

便是燕文貴的青雲路；當然，相國寺壁畫早已不存，只留下畫家青雲直上的傳奇故事。

不過，這幅已核定公告為國寶的〈燕文貴奇峰萬木〉，根據現代學者考證，應非活動於北宋時期的院畫家燕文貴所作。一者畫面上並無款印，僅憑舊題簽；再者其風格與燕文貴無關，學者研判可能是南宋初期，受李唐影響下的畫家精心之作。換句話說，國寶的作者，其實是無名畫家……又或許畫家生前小有名氣，後來被歷史遺忘。無論如何，作者的精神永遠留存於作品中，留畫不留名，畫家或許也不甚介意吧。

從年輕時候起，歷代山水畫我就偏好唐宋的大山大水。宋代水墨畫風發展到非常精細寫實的境界，當初我選中〈奇峰萬木〉，一個重要原因就是單點透視、逼真細膩的繪畫表現法，使高山雲峰、雄奇壯闊的景色如在目前；畫面雖小，仍保留巨嶂山水的意象，氣勢十足。至於定色調的部分，御製詩一句「青雲原有路」，讓我決定設雲彩為淡青綠色，但其實青雲本意並非指青色的雲彩，而是青天白雲的縮稱；而我若依著原作寫實風格，加上青天白雲，未免太像真實存在的風景，少去幾分一步登天的傳奇色彩。真實世界裡帶綠的雲彩非常罕見，大概只有漫天霞光的時刻，有機會驚鴻一瞥；我選擇此一主色調，用意即是製造太虛幻境的感覺。御製詩中又言「峰開虎豹門」，所以這條青雲路，必然從雙峰門中穿出；青雲路指向光明前程，因此遠處紅光燦漫，一片欣然。

古代志怪小說的故事中，經常有畫中人物走出來、到真實世界活動、最後又回到畫裡；或者反過來，真人進入畫中風景、遊歷一番再回歸現實，甚至一去不回，從此畫裡多了個人物……之類的。我想，姊姊現在應是能夠自由進出畫境的狀態，她那麼喜歡這

幅青雲路，理當去享受美景吧；身為作者，我的部分靈魂也永遠留在這畫裡，所以，在某個時刻、某個與畫相連的空間，我們必將再度攜手，漫步在雲端。

MIN-TSE CHEW 2004

四七：
尋找生命的光

■ 生命會自己找到出路

　　電影《侏羅紀公園》，最膾炙人口的台詞是「生命會自己找到出路」。誠哉斯言。延續生命是生物的本能，而當這個本能受到阻礙威脅，便是生物展現其爆發力和創造力的時刻。人也不例外。我們都在追求最大自由度之可能性。

我的油畫〈圍籬之外〉，乃是以植物比喻人：鐵絲網外的世界洋溢著幸福的綠光，那麼下一刻該做的事，便是想方設法來突破藩籬。當悲傷成為綑綁我的鐵絲網，同時卻也激起了我的求生本能，把過去陰魂不散的厭世感給驅逐掉──我得找回生活的歡欣滋味，而我的救贖從來是藝術，所以出路，必須還從藝術中尋。

圍籬之外

　　回想姊姊生病期間，每個月我抽幾天回台東自己家，說是休息，但其實在拼命畫畫，似乎只有這樣方能維持心情穩定。姊姊病重至無法下床，為了安慰她，我說等她病況好轉，要帶她去湖北神農架玩，因為前一年我陪父母旅遊湖北，驚艷於神農架之美，而姊姊未曾同行。我著手繪製以神農架大九湖為意象的大幅油

畫，然而作品架構初成，姊姊便撒手人寰，留下我未能實現的諾言。在那段整理遺物南北奔波的日子，只要有辦法抽空回台東，我便繼續投入大九湖意象，期望能趕在準備搬家之前完成。終於，台南諸事料理完畢一個多星期後，我在台東家裡，兩幅成對、水色連天的畫作上，簽下名字，代表完成。這組作品命名為〈乘桴於江湖〉，一左一右，左幅畫面裡一艘烏篷船繫在小碼頭，等著人來；右幅畫中兩人乘船遊湖，船頭坐著的是姊姊，船尾搖槳的是我，意謂實踐我帶姊姊遊玩大九湖的諾言，另外也暗示自己死後與姊姊重逢，一同逍遙江湖、共赴靈山。然而名字雖簽下，這組作品卻無法讓我感到完全滿意——總有些不對勁，卻難以明確指出，興許是我已身心俱疲，無力再改。當時我覺得，自己可能永遠沒辦法像以前畫的那麼好，因為方寸已亂；順勢放下職業畫家的身份，或為智舉。

乘桴於江湖(左)

乘桴於江湖(右)

結束所有搬遷事宜、台北住處安頓好之後，盛夏已至，原本即為藝術活動的淡季，加上疫情影響，市場萎縮、工作機會減少，我索性在家讀書，充實知識。天天讀書漸覺無趣，忍不住拿起畫筆，從小幅水彩開始動起，慢慢地，有回過神來的感覺。時節入秋，終於可

以關掉冷氣、開窗通風，我決定再度啟動油畫模式；由於缺乏信心，便選擇從小幅（十號畫布）開始，題材則是青藏高原的雪山，以近寫實畫法表現。很難想像這樣一幅熟悉題材的小畫，竟帶給我如許掙扎；「也許我再也畫不好了」的惶恐，反覆湧上來。雖然耗費超過預期甚多的時間，我終究完成了讓自己滿意的作品，如同恢復正常呼吸，總算活過來了。再接再厲完成揉合國畫意境表現法的〈秋日觀瀑圖〉之後，確信自己昔時功力已全部恢復，於是把先前覺著不夠好的〈乘桴於江湖〉拿出來修改。其實也就動了一小部分，外行人或許分不出前後版本的高下，但對我而言，就像戴了一

秋日觀瀑圖

整天的眼鏡，重新洗乾淨後看出去，視野清明。直至此刻，我方才實現了對姊姊的承諾。

　　畫畫能力恢復之後，正常人的知覺也回來了——我不再鎮日烏雲罩頂，變成晴時多雲偶陣雨；雖然不時為想念姊姊而悲傷，但當值得高興的事物出現面前，我已能夠感到單純的喜悅。這是個好兆頭，象徵我或許可以一步步，把失去的自己找回來。人活著靠希望，而藝術創作一如往昔，帶給我希望；這世上屬於我的救贖，唯有藝術。

■ 愛是陽光

　　我喜歡大自然，山與海都愛；許是生長在四面環海又多山的台灣島，地氣薰陶所致。

台灣山區從低至中海拔，森林覆蓋面積大，易於到達、適合遊憩的地點眾多，爬山成為我從幼至長，未曾改變的興趣。所以，我成為風景畫家是再自然不過的事，森林便是我作品中，反覆出現的主題。我畫森林，特別注重陽光的感覺；有些構圖是前景暗涼、遠處透光，又或晴空下陽光照射層層樹冠、盡顯綠色系寬廣的光譜變幻，以及像〈森林裡的陽光〉這般，畫面裡穿透高層樹冠的陽光，點點灑落、照亮林下的植被，呈現戲劇化的氛圍。〈森林裡的陽光〉完成於二〇一七年，乃是憑記憶和想像繪製成的，靈感主要來自之前不久，我與父母同遊東眼山森林遊樂區時所見。東眼山是一座平凡的郊山，林相無甚出奇，我這作品描繪的可被視為任一處亞熱帶中低海拔森林的縮影，並不特別。重點在於，陽光永遠可以化平凡為神奇，只要你有心去感覺。

　　森林要有光，這是我創作的原則。陰暗的森林象徵危險，非我所應涉足之處。雖說真實生活裡，我曾經參加過夜間森林觀察的團體活動，但那是在領隊確知安全的範圍內進行；

森林裡的陽光

我絕不會獨自踏入夜間的森林，即使是淺山。然而日光照射的森林就完全兩回事了，只要有步道，一個人行走其間，也有充分的安全感；聆聽蟲鳴鳥叫，輕鬆自在、滿心喜悅，因為陽光會照亮我的前路，並且使陰險毒物潛伏匿蹤。生活經驗投射在創作上，所以我畫裡的森林，總是清涼又繽紛，溫柔且充滿生命力。

　　「光」的表現法一直是西洋繪畫史的重要元素，除

了寫實風格的自然需求（光影形塑物體、光源強弱與溫度決定色彩）之外，其代表的宗教意涵也扮演關鍵角色——日光乃生命之源，被賦予神性，而人係由神按照自身形象所創造，因此光也作為人之精神心理的譬喻象徵。卡瓦拉喬揭開了極度戲劇化光影表現法的序幕，而在林布蘭的繪畫裡，被強光映照下的畫中人物，個個逃不出他筆下對他們心理狀態的深刻描寫。爾後科學興起，光線的運用，於畫中所能傳達的象徵意涵，隨著對光的科學研究，在印象派時期，變成了藝術家主要的描畫客體；畫家像科學家般地紀錄了光，也紀錄下身處時代的階級風景。我所就讀的芝加哥藝術學院，與其共生的芝加哥藝術博物館，擁有世界頂尖的印象派畫作收藏；浸淫其中三年，我的油畫色彩光影表現法，很大一部分繼承自印象派，不過，傳統藝術裡光的精神象徵，我始終緊抓不放。

對於光之象徵的執著，在我進入藝術學院就讀前已然形成；事實上，早年我最欣賞的，是文藝復興時期的大師們。雖然我對宗教故事不感興趣，但一直為虔誠之心所感動，而光作為希望、生命力、美善等等正面意義的象徵，亦隨之根植腦海。在準備申請藝術學校所需的作品集時，由於我當時尚有全職工作，時間匱乏，策略性採取以一系列炭筆畫為主軸；畫題係以物比喻人之心理狀態，基本就是反映我亟欲逃脫牢籠、尋求自由的心情。因為心情強烈，這批炭筆畫，光影對比非常鮮明而戲劇化；其中一幅，在二〇〇三年我首次個展、台大美術社學長戴百宏為我寫的評論文中，被特別提及：「……還記得幾年前，當時我尚在波士頓就學。一個寒冬的夜晚，我疲憊的身軀踩著寒光冰雪回家，突然發現門前有張她寄來的明信片。明信片上有著一幅她的素描作品—— 一朵蓮花，立於畫面的中央，在黑暗

的背景裡，在頂光的照射下，光耀明亮，昂然挺立。讓一個在異鄉求學的遊子，心中頓時獲得無限的慰藉。」

其實那幅炭筆蓮花並沒在我首次個展中出現，因為我的創作路線變了，展出的都是風景油畫作品；百宏的重點在於，即使媒材、色彩、題材都完全改變，那道可以撫慰人心的光，仍持續出現在我的創作中。我自己給展覽命名為「象由心生」，亦即畫中的風景，雖取材自真實場域但不等同於現實，乃是我內心所建構的景象；而百宏的評論文，題為〈尋找生命的光〉，則直接點出我的心象——在平凡中看見不平凡的美，在庸碌日常裡尋找足以閃亮的希望。旁觀者清，百宏一語道破我在藝術道路上前進的動力源頭。

戴百宏在台大比我高一屆，跟我一樣是經常混美術社辦的人，所以很熟。與我的渾噩不同，百宏當時已經確定自己要走藝術創作的道路，大學時期便積極拜師學藝，畢業後赴美深造。託他的福，我才知道芝加哥藝術學院這間學校。百宏獲得普拉特藝術學院的碩士之後，又去哈佛大學讀了建築碩士學位，剛好和我同一年（二○○二）回台灣。遺憾的是，漂亮學歷和出色才華，並不能讓他在封閉的台灣藝術圈站穩腳步；拼命三郎般努力拓展事業的結果，二○○五年深秋，百宏因胰臟癌病逝，享年僅三十五歲。

當年百宏過世令我既悲傷且憤怒；我認為是台灣藝術圈的惡劣環境害他累死，氣到覺得在台灣待不下去，是以隔年北京的工作機會一出現，我就忙不迭地接受，像溺水者抓住浮木。浮木畢竟無法成為支柱，卻陰錯陽差開啟了我的職業畫家生涯，以及再度與姊姊生活於同個城市的五年緣分。說來諷刺，我藝術道路上的領路人百宏學長離開了，卻讓我有

機會體驗與過往截然不同的環境、創作能力因而大幅提升；我人生路上的提攜者姊姊告別了，卻教我明白「人身難得」的真義。也許這就如同，陽光不會固定照射同一位置，你得追著它移動；黑夜再長終將迎來黎明，只要你能堅持得住。人生福禍相倚，唯有平心靜氣面對。

　　每個人都想追求幸福人生，然而其定義到底是什麼？這個大哉問沒有標準答案，因為需求和欲望各自不同，如何才算圓滿的幸福人生，還得當事人自己評斷。就我的理解，幸福是由一個個片段的快樂記憶堆疊而成，而這些片段之外的多數時間，基本是無聊或辛苦的──快樂乃由異乎尋常的好事激發，因為少有所以珍貴；就像深林裡偶然射入的陽光，或夜空中一閃而逝的焰火。光與影必然共生，光越亮，影越暗，光需要影來襯托其明度，快樂需要無聊辛苦來對比。沒有人能夠一直沈浸在快樂的狀態，無論他的人生多麼順遂；永夜令人絕望，永晝卻使人發瘋──這是為何許多富貴子弟有空虛厭世的毛病，因為沒有經歷過辛苦，也就體會不到真正的快樂。而幸福，是牢牢記住每段快樂時光的感覺，在無聊辛苦時反芻回味，遮蔽那些令人不悅的感受，同時懷抱著再次獲得快樂的希望。無法回味快樂感覺的人、失去希望的人，與幸福無緣。

　　二十多年來我持續尋找的生命之光，簡而言之，便是廣義的愛。少了陽光，萬物無法生長；沒有愛，人無法存活。付出而不求同等回報的博愛者，人生必定多采多姿，因為愛是陽光，而陽光呈現出的白色，其實是多種色光混合的結果；被陽光照射的不同物體，按照各自的本質需求，吸收部分光線，把剩餘的反射出來，是為物體的本質色，本質不同、

色彩各異；而反射出的光，又映照在旁邊的物體上，重複吸收反射的過程，層層暈染，世界因而繽紛萬千。光學的色彩理論，套用在人間愛的傳播，正好完美詮釋。如果要求自己所付出的必須得到同等回報，那就像把太陽放進鏡子構成的世界，除了刺眼白光，什麼也看不到；若周圍都是同一類人，眼前所見便只有一種色彩，世界單調無聊。人的價值在於善及眾人，而能讓多元特質人們各得其所的社會，才有幸福活力。

生命樹

在我看來，擅長付出愛的人，就像陽光般燦爛，而其耀眼的程度，跟社會地位、金錢收入毫無關係，係由受惠者的觀感決定。姊姊於我眼裡，就像我的油畫〈生命樹〉所描繪，如黃金、如藍寶石般絢麗奪目。雖然同樣的愛，我是不會再得到了，然而多年所受的溫暖映照，連同其他光源賦予的能量一起，業已轉化成我自身的光芒，足以照亮前路，讓我繼續看見，這世界的繽紛多彩。

■ 唯有藝術永留存

如果說宗教最大的功能是帶給人希望，那麼藝術無疑是我的宗教，也是我唯一的道路。相較於不可知的天堂或來世，繪畫創作之於我，等同將希望具體化呈現眼前：我希望日日看著美麗的蔚藍大海，卻無緣擁有海景住宅，那就畫一幅太平洋的風，隨時可以身臨其境；想念花開滿地的青海草原，就來一張高原之夏，彷彿再度聞到黃蔥的香氣；愛上

哪幅世界名畫，真跡不可得，自己找圖片動手臨摹即可；想念姊姊，就把她放進畫中風景……。我的理想世界，我自己建構，不勞煩別人描述給我聽，他的天堂長什麼樣子——擁有藝術創作能力，就是自帶桃花源的概念。此外，創作能力的培養，是這世上少數可以確定，有投入必有回報的項目；雖然進步速度因人而異，但凡努力皆有收穫，絕不致於落花流水一場空。藝術可以成為任何人一輩子最好的朋友，只要你用心去結交。

除了創作成果帶來的喜悅，過程本身有時更具療癒效果。以我專精的色彩運用而論，其實色彩對人的情緒有很明確的連結引導效果，因此可利用繪畫過程中，色彩的選取和表現法來調理情緒。舉例來說，如果我想要清涼靜心，便會選擇以偏藍的綠色系作為畫面主色調；想探究內心深處的情感流動，廣闊的深藍海洋是為首選；想要振作精神，閃亮的金黃色永遠有效。所有繪畫媒材當中，油畫的色彩表現力最強——顏色鮮豔度最高、可操作範圍也最廣，故為我的最愛。動手作畫，每次最少持續兩、三個小時，沈浸其中色彩的情緒調整，以及掌控局面的穩定心理，比起看一幅畫幾分鐘，療癒效果自然好得多。

在此借用百宏為我首次個展寫的評論文中，引用美國前衛主義作曲家約翰‧凱吉（John Cage）的話：「藝術乃是生活的實踐，但卻不是要藉著藝術來打點生活的秩序……。簡而言之，藝術是一個最簡單的方法來使我們對生命的意義能有所覺醒，並使我們的心靈和慾望，因為藝術的存在，而各得其所。」我的藝術創作，基本上是把自己的希望和夢想，具體呈現在世人眼前，從某個角度來看，正是美夢成真——虛無的夢想化成實體作品，真實存在人間；不管畫面裡的世界，屬於第幾次元。人生如夢，而我藉著藝術穿梭美好夢境，

夢裡逍遙。

　　俗話說，這世上唯一不變的現象，就是世事不停在變化。美好時光轉瞬即逝，我卻能用畫筆，留住那燦爛一刻。人們也藉由過往遺留下來的藝術品，了解古人的生活方式、精神思想。文化傳承，較諸文字記述，圖像更加能夠深度、生動傳達亙古人心幽微的情感；精神不死，便是永生，是以大藝術家們身後的地位，往往遠高於同時代的達官貴人們——因為權勢的影響力，僅及於當世之人，而藝術的影響力，可以延續至百世之後人。一切有為法，如露亦如電，唯有藝術永留存。

■ 誰也不能奪走我幸福的記憶

　　記得二〇〇七年夏天，我在北京準備著秋季回台北個展的畫冊內容，為其中十幾件較重要的作品，寫了不少篇幅的個別介紹，詳述創作緣起之背景故事；序文也自己寫，題為〈思念的地圖〉。後來畫冊因為合作畫廊改變主意，沒有印刷，我就自己將作品照片洗出來，貼在噴墨印出文字的美術紙上，做成手工畫冊，擺在展覽現場供人翻閱；之後又稍改版面製作成電子畫冊，放上網路，封面便以思念的地圖為名。那次展覽的作品以風景油畫為主，而那些風景，都是我曾與親友同遊、特別有感觸的地方，大部分地點在台灣。創作理念一方面強調對自身所由出的文化與土地認同的重要性，另一方面則是表達思念的情緒——有些地點參訪不易，不知何日再相逢；有的物是人非，也有人是景已非，美好時刻無法重來，徒留思念綿綿。然而，我的思念一點也沒有悲秋之意，相反地，乃是將美好剎

那永久保存的概念，如同當年自序所言：「思念是一種很美的情緒，其根源是愛——若不愛，就不會想念。愛可以讓世界變得比較好～雖然聽起來像陳腔濫調，卻是我的信念，也是推動我持續創作的力量。一幅幅背後各有緣由的畫作，組成思念的地圖，讓我得以按圖索驥，回到那些時刻、那些人身邊，重溫當時的感動。同時希望藉由分享這感動，帶給其他人一點正面的東西。」那份初心，至今未改。

先有快樂的記憶，才有思念，進而產生再次獲得快樂之希望，這便是創造幸福的迴圈。我到台南處理姊姊後事的那段時間，總是特別注重吃飯這檔事；在美食小吃之都的台南，這麼做好像很正常，但我其實另有緣由——強抑悲傷面對繁多事務，我根本食不知味，然而每頓飯都要刻意選擇以前姊姊曾帶我去過的餐廳，起初是因為七七未滿，她很可能仍徘徊在我身邊，所以我點餐，她也可以一起享用；她這輩子最大的樂趣之一，就是美食，故而吃飯不能馬虎。幾個月過去，我依舊秉持同樣原則，因為去到那些熟悉的餐廳，可以讓我回憶與姊姊一同享受美食、談笑風生的快樂時光。此外，我也想練習著，如何像姊姊那樣，從食物味覺上得到如許樂趣，那麼世上又多一種給我製造幸福的方法。姊姊一大屋子的遺物，我盡己之力保留下來的書籍家具、衣物用品等等，和我原本的家當合併，在新家各自找到適當的位置。我坐在她別緻的單人沙發上、在廚房用著她的小刀切水果，彷彿又回到過去，和她一起住的那些日子，好似她還在我身邊。

我創作生涯起始大約十五年間的風景作品，畫面裡都沒有半個人，頂多有一些簡單的建築物。表面的理由是取景多為俯瞰或遠眺的開闊大景，按比例人如螞蟻，不用畫出來，

圓明園一隅

有建築物自然代表有人；實際上就是反映我獨來獨往的個性，不喜歡閒雜人等出現在我的風景裡。後來我覺得自己不該過於孤僻，開始在部分作品中，仿照中國古代山水畫，安插些小小人形，或一人或兩人，視場景而定。二〇一七年作品〈圓明園一隅〉，湖中亭子裡一站一坐面目不清的兩小人，站著的是我，坐著的是姊姊，紀念我們同住北京的時光。姊姊過世後完成的〈乘桴於江湖〉，遠處小船上，我在船尾撐篙，姊姊坐在船頭賞景，逍遙江湖。往後的作品，只要我想，便可將我二人置入美景中。我的美夢，必定成真，因為在我腦海裡的幸福回憶，誰也拿不走。

■ 那兒陽光明媚，春風正好

〈有粉紅房子的風景〉完成於二〇〇〇年，是我在芝加哥藝術學院的第四個學期、繪畫材料和技巧（二）的期末課堂作業。作業的題材由學生自行決定，能夠充分呈現在本課程中的學習成果即可。彼時我已基本確定自己要走風景油畫為主的路線，於是從攜帶的家鄉風景照片中，選了一張饒富幾何趣味、有棟豪華農舍在其間的農地。那是某次與父母同遊陽明山區時拍攝的，連續幾張照片把整個山坳的梯田景色都囊括進去；不過因為這個畫板太小（40×40公分），我只擷取了中央有農舍的部分。接下來的那個學期，我將整個山坳的景色，畫成三幅各3呎乘4呎、加起來長度超過360公分的全景畫，題為〈陽明山坳〉，

成為我藝術生涯的第一個里程碑；所以這幅小畫，可算是抵達里程碑之前的補給站。

有粉紅房子的風景

說起這粉紅房子，我畫的顏色當然是誇張過的，但也確有所本；那棟氣勢鎮壓全場（整片谷地）、附帶小泳池的豪華農舍，屋頂用的不是傳統屋瓦，不知什麼材料，呈現一種古怪的淺紅色，與周邊自然色彩格格不入，非常扎眼；房子的牆面兼有砂石灰和磚紅，倒是挺正常的。我那時年輕，喜歡誇張趣味的色彩，索性把屋頂調成粉紅、牆面變灰紫加橘紅，整棟房子看起來像遊樂園裡的建築；周邊農地和山坡植被的色彩，也非常鮮明歡樂。那年秋冬，學校和芝加哥市中心最繁華的密西根大道上的商家合作，徵選學生作品在商店櫥窗展示；這幅〈有粉紅房子的風景〉，被一間珠寶店選中，在展示櫃精緻的燈光照射下，畫面色彩如同寶石般閃耀繽紛。

隔年姊姊結婚，我把這幅小畫當作結婚禮物送她。這畫的材料比較特別，用的不是畫布，而是硬質纖維板，並且在畫板背面四邊，膠粘 4 公分高的木條，這樣便毋須裱框，可以直接掛在牆上。我按照規矩，完成的畫作表面都會上一層保護漆，但這幅畫不知何故，漆面一直都有點黏黏的，不是正常的乾燥順滑；而它又沒有裝框，畫面直接暴露在外，多年下來，表層黏附不少灰塵，色彩略顯黯淡。姊姊跟我反應過這個情形，但因狀況不算太嚴重，而清除表面漆有掉色的風險，我就拖著沒處理。等到姊姊過世，我才下定決心把這

幅畫修整好,再交給姊夫。為了徹底清除帶黏性的表層,使用溶劑免不了洗去一些顏色,也只能重新調色補畫。還好,等到最後步驟、保護漆上去,終於不再發生奇怪的沾黏,恢復了它應有的鮮豔色彩,光亮如新。

　　〈有粉紅房子的風景〉可以說是我的田園生活夢:舒適悠閒、清新歡樂;姐姐一直很喜歡這幅畫,想來她也懷抱著類似的夢想。如果我可以在某個不知幾次元的空間,打造我們一起生活的家屋,那麼應該就是這樣:織錦地毯一般的美麗田園,旁邊山坡上林木鬱鬱蔥蔥,清晨鳥鳴作鬧鐘;造型顏色歡樂又寬敞的房子,院子裡有游泳池,我們游完泳,坐在陰涼處,啜飲甜湯,看著水色天光,聞著風中的花草香味,笑聲朗朗。

陽明山坳

五七：
那未可知的世界

■ 獨臂人生

　　姊姊第一次住進台大醫院的某個夜裡，我夢見她坐著輪椅，由我推著她，在可能是醫院的機構裡面行進。機構的人員要我做個試驗之類的，我沒問清楚就答應了。一瞬間，我的左前臂就被切掉了，但是斷口沒有出血；他們又接上一塊不連續的切片，意在展示其高超技術。我要求他們把我的手臂接回去，他們拒絕，要我自己接。我氣急敗壞地抗議，他們又說要再做十次試驗，才會幫我接回去。我哭喊著：「我告死你們！我告死你們！」然後就醒了。

　　這個夢，不用問也知道是大凶之兆。姊姊努力配合治療，讓身體狀況恢復到可以出院的標準，試圖破除這一凶兆；然而出院不到兩星期，又再因發燒住院，就此沒能活著離開醫院。我當然不會如夢裡那般去告醫院，畢竟生病是自己造成的，診療同意書也是自家人簽的，治不好只能認命；打官司既不能讓人死而復生，遷怒於人也無法解決問題。

　　姊姊過世之後，我才真正理解，兄弟姊妹被稱為手足的原因——沒了姊姊，我如同手臂被砍斷，再也接不回去，從此殘缺了。從外表看來我當然四肢健全、一如往常，但心理上已經不是從前那個人：所有的天真浪漫，皆已隨斷臂灰飛煙滅。身為殘疾人，面對險境

的能力大幅下降，我得用更加警覺、臨淵履薄的態度謹慎前行，沒有半點空間容留僥倖之心。

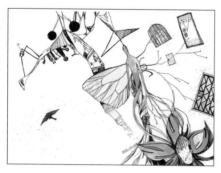

中樞

〈中樞〉是我二〇〇八年一系列鋼筆水彩組畫作品中，原題為〈Z〉的四幅聯作的第一幅；當年我在美國聖安東尼市辦個展的時候，畫廊用這幅作為宣傳主視覺，被當地的藝文週報選為藝術節特別報導的封面，理由純粹是編輯覺得它實在太美了。組畫的各幅並沒有單獨命名，這裡題為〈中樞〉，乃是由於好幾年後，我為這系列組畫另外編寫短篇故事，其中〈Z〉的故事主角，就是這位長半邊翅膀、代號中樞的人造生命體。中樞是實驗失敗的產品、無法獨立生存的個體，但是因為腦波出奇強大，被當成情蒐設備保留下來；之後為解救被邪惡政府搞得一團糟的國家，中樞與沈睡異次元空間的第一武士融合，成為救世新神明，天地人三界之王。殘而不廢，非常勵志的故事。

當我覺得自己心理上已經殘疾的同時，我所考慮的，並非今後要靠人救濟過日子，而是該採取怎樣的策略，才能接續過上嚮往的自在生活。金庸武俠小說《神鵰俠侶》的男主角楊過，少了條手臂照樣揚威江湖；電影《127 小時》的真實主角，攀岩意外斷臂後，裝上義肢，繼續他的攀岩愛好，人生更加精彩；我也可以同樣藉助義肢的力量，繼續朝目標前進──沒了姊姊，我還有朋友，他們便是能夠帶給我力量的義肢。朋友存在的意義，本

來就是截長補短互相幫忙；我相信只要自己一直保有助人的能力，自然也能不斷從朋友身上獲得所需的支持。獨臂人生，依然可以是彩色的。

■ 短暫出現的深夜咖啡館

我剛到台南處理姊姊後事時，離她過世尚不及兩週，二七都還沒到。白天我隱藏情緒、鎮定地與各單位接洽，夜裡就像孤魂一般在僻靜道路上遊蕩，邊走邊哭。台南的飲食店大多關門比較早，晚上八點之後通常不收來客；某晚我行經離姊姊宿舍不遠的巷子，大部分店家已熄燈，卻發現某間以前去過的小店，變成了咖啡館，而且營業時間大約還有半小時。我推門進去，老闆客氣招呼，說現在已經沒有餐點，但仍供應咖啡；我本來沒要用餐，便點了一杯咖啡，選張小桌自己坐下。

彼時店內另有一年長女客，坐在吧台邊跟老闆聊天。店面狹小，聲音鑽進我耳朵裡，不必凝神竊聽就一清二楚。他們談話的內容，主要跟風水靈異有關，引起了我的興趣；姊姊萬般不捨地離開，我極度渴望透過任何可能的方法，與她取得聯繫，如果這店老闆熟識什麼異能人士，說不定我的心願可望達成。於是我耐心待著，以極慢速啜飲咖啡，等到那位女士告辭，才開口跟老闆攀談。我大致說明了自家情況，問他是否有什麼管道，可以幫助我得知姊姊現狀。沒想到老闆的回答竟是，他可以讓我直接與姊姊相見，不過要先調整好我的精神狀態。

老闆說他早年是心理治療師，九二一大地震後曾進入災區，治療災民的心理創傷；後

來認識一位得道高人，為了修行，多年追隨師父四處奔波講道（究竟多少年我沒問），分文不取純布施；但幾年前困於現實生計，只好離開團體自謀生路。「悟道之人」跟普通人一樣，吃喝拉撒睡的基本需求，得自己想辦法顧好。言下之意，老闆本人已經悟道。他說為我進行幾次療程，把負面能量釋放掉，再經由適當的引導，我便可以自己見到姊姊。療程的形式很單純，就在咖啡館內進行，反正營業時間已過，沒有干擾問題；我們就著小桌對坐，老闆教我閉上眼睛，開始問問題，讓我回答。問的問題大概跟一般心理治療差不多，基本就是讓我面對內心真正的感受；我回答時不住痛哭，哭到臟腑都要翻出來似的。經過半小時或一小時或更久，具體時間我無法估計，老闆收束提問，讓我平復情緒。狂哭之後，確實感到輕鬆不少。老闆告訴我若想繼續，就自己看有空的日子，在咖啡館營業時間結束前去找他。

　　深夜在打烊的咖啡館裡接受陌生人的心理治療，聽起來似乎頗為冒失、可能自陷險地，不過其實店裡還有老闆的助手，中年女性氣質不錯，所以我不認為需要顧慮人身安全。至於之後能讓我見到姊姊的說法，有些人或許會斥為無稽、愚婦的迷信，但我自己親友遇鬼的例子就不止兩三樁，因此我當下並不會認定對方在吹噓。第一次療程後我覺得精神輕鬆不少、頗有正面效果，且又非常期望真能跟姊姊相會，於是便再度前往。由於我不喜歡平白無故受人恩惠，也不願佔人便宜，我準備了一個紅包給老闆，權充診療費；然而老闆拒收，理由一是緣分有其發生的道理，再者，跟背景不同之人聊天，往往頗有助益於他自己。既然他這麼說，我也就不勉強，但內心不免惴惴於「不要錢的最貴」之經驗法則。

深夜咖啡館的療程大約進行到第四或五次，老闆說這回我應該可以和姊姊相見；同樣閉上雙眼，聽他言詞引導，但是當他說道「現在可以看見姊姊了」，我的眼前卻仍是一片漆黑，什麼也沒看到。嘗試失敗草草收場，老闆說下回再試試。我當然非常失望，開始認真思索，失敗的原因究竟為何。可能性只有兩種：一是我的腦波頻率調不到位，再者便是，他本來就沒有能力讓我見到身處異世界的姊姊。

　　先前每次療程結束，老闆都會跟我再聊一陣天；大多時候是他在說，內容以他過去種種神奇經歷為主，比方他自己和親人意外受傷，他如何用意志力使傷口癒合；又或者他見到自己前世，搭乘巨大太空船航行至另一個星球，途中景象如何壯觀，並且他是那個星球的重要人物等等。我聽到這些話，沒有當場質疑的原因是，我並無證據來指控他說謊。這世上當然有現代科學無法解釋的現象，因為如果現存理論可以完美解釋一切，也就不需要科學家繼續研究探索了。我是理工科出身，凡事講求證據；不反駁不等於相信，只能算證據不足，存而不論。不過，既然老闆聲稱能讓我見到姊姊而結果卻失敗，那就有必要做一下背景調查。

　　一開始老闆提及他曾經追隨的師父，沒有指名道姓，只給我一點提示，說上網就查得到。既然師父容易查到，我便由此處著手；而且這位師父也算是從藝術創作起家，我只需看他的作品，便可判斷此人到底真是得道高人，還是邪門歪道。果然我上網輸入關鍵字，便找到符合描述的對象。看他最早出名的創作，沒有仙氣只有俗氣；近期大展，光看畫素不高的網路圖片，就感到一股妖氣，而且有參觀該展覽的人貼文，清楚生動地陳述他在現

場，被主辦單位支持者的狂熱氣氛驚嚇到的感想。不消說，這位師父，絕對不可能教人領悟正道。

　　既然確認老闆的師父並非正道，那麼我嘗試與姊姊會面失敗，恐怕就是老闆的能力問題了。回頭想想，他本來的意圖，可能是讓我在催眠中，看見自己心理投射出的姊姊，就像我會夢到她一樣；但是催眠失敗，所以我才沒見到姊姊。老闆大概以為，前面幾回的心理治療，應該已獲得我足夠的信任，使我進入可被他催眠的心理狀態；但事實上，我絕不會信任一個人到願意被催眠的程度，因此他的術法無效。明白這點，緣分也就該結束了。無論如何，老闆的心理治療幫我減輕不少精神壓力，於是我拿一幅得意之作的高仿複製畫送他，表達謝意同時暗示，我不打算再繼續接受治療。等過一段時日，姊姊遺物整理工作完成、準備撤離台南前夕，我又踅進那咖啡館所在的巷子；不出所料，店面已然易主。短暫出現的深夜咖啡館，像一場冥冥中自有安排的啟示錄：機會之門隨時可能在意料外處開啟，見好就收是明哲保身的不二法門。

■ 書中自有黃金屋

　　對於那些科學無法解釋的事情，姊姊的興趣一直比我高，也比較敏感。印象很深的是，年輕時某次家人聚會聊天，忘記是誰提起陰間的話題，我剛說一句「雖然也不能證明到底有沒有鬼⋯⋯」，立刻被姊姊堅決的語氣打斷：「當然有鬼！」，然後便這麼一錘定音了。居住北京期間的某一年，姊姊和姊夫去越南旅遊，走的路線屬於較新開發，風景優

美而旅客較少；其中一晚他們投宿小村莊的簡單旅社，當夜姊姊夢見一條人腿在床邊走動。回到北京之後，姊姊經常感覺精神不濟，而且又夢見那條腿，於是請熟識的通靈中醫師驅邪，之後同樣夢境便不再出現。後來查了一下資料，他們住宿的那個小村莊，越戰時期曾經是戰場。

先祖其元公的著作《庸閒齋筆記》，裡面很多篇幅都是怪力亂神；也許因為太平天國戰亂造成的屍橫遍野，神鬼故事特別多吧。從小我就知道父親書櫃裡那本又小又舊、商務印書館出版的《庸閒齋筆記》，作者是我們的玄祖爺爺，但我一直沒認真讀過；可能年少時翻了幾頁覺得不甚有趣，便放下不再碰。而姊姊必然全本讀完，後來她在北京又自己買了中華書局印行的版本，連同《池北偶談》、《榆巢雜識》一起；因為那幾本，都曾是祖父的架上愛書。其元公的筆記，卷一是陳家歷史，其中有幾位先祖，除了文學政治的成就，還精通醫術卜算、地理風水，所謂「能者無所不能」是也。甚至海寧陳氏的發跡傳說，也與風水息息相關。姊姊的藏書中，風水地理、讖緯學、易經卜筮、乃至中醫藥典皆有，古代典籍注疏、文史名著一應俱全；作為建築師，對風水學感興趣，也很自然，但其他醫卜星相等等，一方面是對現代科學之外的世界好奇，另方面則是她嚮往家族傳奇人物的表現。姊姊工作非常忙碌，那些雜學經典書籍她其實沒什麼時間閱讀，只是作為「以後有空要來研究」的希望而存在。那個希望，已隨風而逝。

以求知慾而言，姊姊遠勝於我。真正的求知慾，是單純為獲得新知感到快樂，而不論這新知有無生活上的實際用途。過去我看書買書，除去純消遣的文學小說類，其他都是可

能對工作職業有所助益的；雖說我從小喜愛美術，常以畫圖或手作小物為娛樂，但在我就讀藝術學院之前，購買的美術書籍其實寥寥可數，因為那時我的「正業」無關乎此。既已踏入藝術這行，藏書自然是藝術相關類別佔大多數，但選書的標準，仍設定為有助於我創作的參考學習樣本。意識到自己能力有限，與滿腹經綸、天人合一的境界無緣，所以我的閱讀，向來非常實用主義。但姊姊不像我，她是對世間如此五花八門的眾多學問，單純地好奇和著迷。那是真正的好學。

姊姊遺留的書籍，被我捐出送掉大概四分之三，剩下仍有兩大書櫃，是我覺得自己可能讀得下去，而留下來的。其中較通俗的建築書，我想藉此對這門姊姊投注所有青春心血、而我從前卻不甚感興趣的學問，多些基礎認知。我協助研究的馬雅建築美學計畫，除了報公帳的書籍已歸成大圖書館，其餘所有姊姊自掏腰包買的，我全留了下來，雖然好些英文書既厚重又深奧，但也許等到因緣俱足之日，我便能理解通曉。那堆中國古代典籍注疏也是。一如我出國留學前，買了神話學大師坎伯的名著《千面英雄》中譯本，生吞活剝讀過一遍完全不懂他在說什麼；等到流浪異域十幾年後回鄉，再把書架上這本大作拿出來重讀，不必請教任何人，就全明白了。近期細讀《庸閒齋筆記》，彷彿當面聽玄祖爺爺說故事，他老人家的性格、思想、見聞，歷歷在目。時候未到，勉強不來；因緣俱足，洞見明澈。

天地人〈三界之王〉，身穿日月星辰襖、乾坤地理

三界之王

裙，右手控制植物生長繁衍，左手與飛禽走獸溝通；他敉平所有混亂邪惡，世界回歸和平安樂──這當然是寓言，象徵知識即力量。姊姊雖已離去，卻留下大批可帶給我力量的智慧財產；或許有一天，我會在書中找著那棟黃金屋，然後見到屋裡久違的，顏如玉。

■ 看不見不等於不存在

　　書架上的馬雅叢書之中，有一本書名為《The World That Wasn't There》（不在那裡的世界），巧妙的一語雙關：哥倫布之前，美洲以外的世人完全不知有「新大陸」，繁盛於其上的古文明，如馬雅、阿茲特克等，不存在於外人的世界觀；再者，中美洲古文明遺跡，包括建築和文物，幾乎都與祭祀和墓葬相關，描繪的神界或陰間，也屬於不在人間的世界。更早的石器時代，亞、歐、非洲皆有發現的洞窟岩畫，亦即繪畫藝術的起源，其圖畫的動物或狩獵祭祀場景，可能為事件紀錄（最早的歷史），但更多是祈福的概念──希望畫出來的豐收場景，在現實生活裡成真。祈禱是薩滿巫師的職責，而藝術家這個行業，便是由巫師祭司分流演化出來的；因此藝術作品裡的「精神性」，受到最多重視，這也是無權無勢的藝術家，在社會上仍有一定地位的根由。

　　圖像在古代祭祀儀式與墓葬中，一直扮演主要角色；神廟總是充滿著精美的壁畫和雕刻，天地諸神的形貌和故事，以及化身為神的先王們，偉大的英勇事蹟；所有王公貴族的墓室，壁畫雕刻無不描繪著墓主生前優雅愉悅的日常，棺蓋上則多見或雕刻、或繪畫、或覆以織錦的墓主升天圖。而象形文字系統的古文明，不論埃及、中國或馬雅，文字本身即

可被視為符咒，或與圖像結合組成符咒。顯然古代各民族皆認為，圖像乃是神靈依憑的媒介；立體的神像雕刻通過降神儀式，便等同神明分身；平面的圖畫或浮雕，描繪內容若單純為神像，其功能與圓雕神像同；比較複雜的，功能或各異，例如墓室內的升天圖、行樂圖，提供亡者永生的途徑和陰間的用度，神廟裡的功績故事圖，則作為鞏固信仰之用。圖像或許真可作為精神能量依憑的媒介，就像磁帶是聲音的載體；然而圖像所承載的精神能量，究竟來自信徒、製作者、還是亡靈，那就很難說了。

普通人出於對未知的恐懼，否定一切超出個人經驗的事物；但沒見過或看不見，不等於不存在。現代許多我們習以為常的東西，若出現於古代，必然被視為神器：留聲機發明之前，人們認為話語如風，瞬即消逝，不可能捕捉；無線電就更神奇了，遠距秘密互通聲息；至於衛星電話，真的是千里傳音。從前認為不屬於人世的神仙異能，現在普通人玩弄於股掌之間。所以被無鬼論者嗤之以鼻的那個看不見的世界，或許只是沒有找到科學正確的連結方法而已。

小學時候我曾看過一冊日本恐怖漫畫，短篇故事集，其中一篇〈人面瘡〉，講述某人腹部生一個瘡，漸漸變大，後來竟然長成人臉一般，還會說話吃東西，無論什麼方法都消滅不了，因為那是先前被他害死的人，冤魂附身的結果。漫畫家的高超技巧把這恐怖故事的氣氛渲染得活靈活現，以致我過目難忘，始終牢牢盤據在記憶裡。長大後某日翻閱《池北偶談》，竟然在其中一則〈張巡妾〉，發現同類事件，只差沒提出人面瘡一詞：某士人腹部長出腫塊（瘡），痛不可忍，一年多後腫塊會開口說人話……結果是十三世前的冤

孽索命來著。《池北偶談》算是古代名著，日本漫畫家的故事靈感是否從中取材，難以論斷，但也可能兩者來源毫無關係。

我到北京之後，通過姊姊的介紹，認識一位世代家傳的通靈中醫師；由於年齡相近、氣性相投，他與我們姊妹漸成朋友，診療空檔常閒談彼此見聞。某次他提及幼時看父親行醫，有病患膝上生瘡，狀似人臉，口部會張合；他年幼淘氣，還拿細棍去戳那瘡口，被一口咬住……。他父親說拿藥灌進瘡口，可以讓其癒合，但之後又會復發，因為那是業障病。就這位醫師的背景而言，絕不可能讀過《池北偶談》或那日本恐怖漫畫，也用不著編造這人面瘡故事唬我們，因為光是他親身經歷的鬼故事，就講不完了。我當下大為震驚：原來那些志怪傳奇，未必皆空穴來風；天下之大，無奇不有，自己不理解，不代表確無其事。

論及看不見的世界，精神力量、信念、信仰等等，皆屬必不可少的關鍵字。人的意志究竟能產生多大力量、足以改變事件發生的機率嗎？我聽過不少次信仰虔誠的朋友說，遇到困難虔誠祈禱之後，就得到外援或好運、如願解決問題。這可能是信徒把自己努力的結果歸功於神助，又或者，只記得如願以償的事件，而把未實現的祈願從記憶裡抹除；當然也有可能，個人或集體的意志，真能左右事件發生的機率或趨勢方向。就我自己的經驗，確實有難以否定的關聯性，發生在我的卜卦結果方面。

數年前我在書攤上發現一本以諸葛神算為名、教人自行卜卦的書，一時興起買下；後來幾次遇上難以決斷之事，便按照書中方法，以錢幣占卦，再找對應的卜辭。奇怪的是，每次卜卦結果，若非上籤，也必與我想法相合；但等到事件塵埃落定，預測卻全部落空。

於是我得到結論：自己似乎有控制占卜結果、也就是自我安慰的能力，但對事件結果預測毫無幫助。然後就把那書扔一邊，不再理會。等到姊姊發病，因為過於惶恐，我又幾次拿書出來占卜；每次都是上籤，最後依舊事與願違。姊姊過世後我不再占卜，一方面是根據經驗，結果不會如願；另方面是我既已無所畏懼，那麼就連自我安慰，都可以省了。

■ 永遠忠於自己的內心

〈梅花島〉是我二○○六年初完成的紙上作品《組曲：旅程》的其中一頁。該作品為創新形式，以長橫幅即興創作的黑白主圖，搭配小張彩圖組成。主圖共四幅，彼此可銜接，每幅分成四頁，可摺疊如書冊，每單頁均為獨立構圖，展開雙頁亦為完整構圖，四頁乃至十六頁連成一氣，構圖之完整性、節奏感等均經過精心設計。小彩圖共二十四幅，畫面擷取自黑白主圖中的元素；主圖的意象為模擬旅行過後的記憶，彩圖則模擬旅途中拍的相片。主圖內容天馬行空、光怪陸離，當然意不在回顧真實經驗，而是我的潛意識之旅。繪製《組曲：旅程》的當下，正是戴百宏學長過世不久，我情緒低落焦躁、亟思擺脫現狀的時刻；果不其然，幾個月後我便踏上前往北京的旅程。

當初《組曲：旅程》只有圖畫、沒有文字故事，直到超過十年後，我才編寫出相應的短篇故事，其實心境早已不同，寫出來差不多是神話學中典型的、歷盡滄桑的英雄之旅。這頁〈梅花島〉中，主角前往島上的梅花神廟，祈求神明指點迷津，得到的線索導向兩條道路，亦即不同命運，由主角自行選擇。我故事的重點，也是平生信念，便是人的命運由

自己創造。人無法決定自己的出身，但可以選擇怎樣看待自己和環境；無法決定人生道路上遇見誰，但可以選擇如何對待別人；無法控制事情的發生，但可以選擇處理事情的方法。每一次的選擇，都代表著不同命運的可能性。唯有誠實面對自己、傾聽內心的聲音，才不會被旁人牽著鼻子走，做出讓自己後悔的決定。

梅花島

在短暫出現的深夜咖啡館事件中，我算是成功避免了誤入歧途的可能損傷，而其中的關鍵，便是我始終未曾喪失理智，亦即不放下對缺乏實證之事的懷疑態度。人在情感脆弱的時候，最容易陷入一廂情願的執念，眼中只看見符合自己願望的事物，忽略其他顯而易見的事實，甚至扭曲所見、代以自己的想像；而一般執念的共通特徵，就是用簡單方法來解決複雜問題——靠自己掙脫困境太艱難，救星出現一切便簡單輕鬆了。至於救星，通常是一位能人倡導一種神奇解方，這解方開頭容易執行，且有某種程度的速效，多半出於接受者的安慰劑效果；效力無法持續後，解方也跟著變複雜，接受者必須不斷投入代價才會有效，若無效都是因為接受者投入不夠，跟神奇解方本身無關。斂財團體和邪教，用的便是這種操作模式，利基點即為人們避重就輕的心理、加上缺乏承認錯誤的勇氣。

世上最容易騙到人的，是夾帶在真話中的謊言。深夜咖啡館老闆的心理治療能力，顯然是真的，至於他對我說的那些宇宙神話，到底是存心騙我，還是自我催眠把神話當

真，就很難下定論了。在我看來，老闆是被他前師父洗腦的受害者，雖然最後自主離開了師父，不代表完全擺脫其影響，甚至可能沿襲某些觀念和作風。我也不能說他是有所圖謀才來幫助我，因為人心很複雜，一開始的惻隱之心，可能在發現對方頗有利用價值之後，冒出別的想法；期待投資獲利，跟意圖坑人也沒有必然關係。雖然以結果論，我受益於老闆的心理治療，但既知對方不屬正道，趁早了斷方為上策。

　　總而言之，永遠忠於自己的內心、為自己的決定負責，是我人生路上趨吉避凶的不二法門。期盼別人拯救，就等著被人利用。一輩子不投機取巧、不逃避責任、不違背理想，總是相信並支持我的姊姊，便是我內心，最清明的聲音。

六七：
這世上最接近天堂的地方

■ 雪山神域，永遠的香巴拉

　　二○一七年夏天，我跟隨姊姊，參加了由成大建築系學長們所組織、為期一週的西藏旅行團，一了十數年來的宿願。既然團員主要是建築師，藏傳佛教廟宇建築自是觀光重點，也被戲稱為進香團；基於安全考量，行程安排盡量不挑戰體能，故自號「屋頂散步小組」——屋頂者，世界屋脊也。團員在成都集合，搭機前往拉薩，停留兩天參觀布達拉宮、大昭寺，遊逛八廓街；然後乘車至拉薩南邊的山南地區，參觀雍布拉康和桑耶寺；接著西行至羊湖和卡若拉冰川，再往日喀則參觀札什倫布寺；從日喀則乘火車回拉薩住一晚，隔天再經青藏鐵路到西寧。不過，由於行程緊湊、各個景點遊客滿滿（雖然聽說比起五一假期和暑假，人不算多），仍免不了走馬看花之憾。離天空最近的聖域，才得驚艷卻又匆匆別離；回台之後，念念不忘，於是就旅途中的三座重點參訪寺院：札什倫布寺、大昭寺、雍布拉康，製作了一組同尺寸（50 公分見方）的變相圖。至於布達拉宮，則留待後面的大製作。

　　所謂變相圖，乃是不以寫實手法描繪寺廟建築，而用象徵轉化的方式，類似為寺廟製作代表徽章的概念。不採用寫實畫法，其中一個主要理由，便是壯麗的建築，攝影效果極

佳，無須大費周章用油畫描繪其表象；尤其大昭寺和札什倫布寺，名列西藏最重要的寺廟，建築群龐大且採水平分佈，想在一幅畫上呈現其寫實全貌，也就只能畫地圖了；那工作旅遊指南已經做過，不勞我多事。但另一方面，宗教建築給人的心靈感受，可以很直觀而且簡明；如何傳達此種感受，才是這組畫的重點。我選擇各個寺院內讓我印象最深刻的元素，結合在一起，組成裝飾風格較強的構圖畫面。

札什倫布寺是後藏的政教中心，其規模宏大自不在言；但不同於布達拉宮沿山而建的高峻，札什倫布寺的建築布局屬於平面發展型：位處山腳平地，佔地廣大、屋舍眾多，給

· 札什倫布寺變相

人厚實有力的陽剛印象。寺院背靠的那座小山，形似烏龜，十分親切有趣；而整座寺院給我的感覺，相較於布達拉宮，更為親民且有活力。寺內無數令人眼花撩亂的珍寶與華麗壁畫，最觸動我的卻是一幅雪山獅子的親子嬉戲圖；私以為獅子作為札什倫布的代表形象，再恰當不過。於是，〈札什倫布寺變相〉以雪山為背景，舍利塔基座常見的金身綠鬃毛獅子為主角，搭配天上飛鷹、地上佛塔，和其他壁畫裡看到的海上奇珍異獸，構成獅王巡行天下的意象。札什倫布寺的建築色彩特徵，是帶有較多的深棕和赭色，因此邊框的部分，我採用這兩色夾金線、方直陽剛的設計。

大昭寺位於拉薩老城區中心，緊鄰熱鬧的八廓街，建築群盛大華麗，據稱是西藏的第

一座佛寺，地位不下於布達拉宮。大昭寺正面中央屋頂上，一個法輪左右各跪坐一隻鹿，金光閃閃十分醒目，是藏式廟宇常見的標誌。入內參觀的遊客可以登上這屋頂，就在雙鹿法輪背後，有間小房，其與眾不同的配色，讓我眼睛一亮：新綠的牆壁，配上橘色為主、棕色為輔的雕花窗框，加上金頂，整體感覺清新活潑，非常可愛。大昭寺原本是為松贊干布的正妻、尼泊爾尺尊公主所建，讓我心理上覺得其帶有女性特質，因此創作〈大昭寺變

大昭寺變相

相〉時，選用母鹿為主角；畫面色彩搭配，則以最令我驚艷的屋頂小房為依據，綠、橘、金，夾少量深棕色，輔以佛教象徵的蓮花，構成「金色母鹿出現於森林裡的蓮池邊」之形象，既神秘又慈悲溫柔。

雍布拉康位於山南地區，是西藏第一座宮殿，也曾是松贊干布和文成公主的夏宮，後改為寺廟。原本的建築在文革期間被拆毀、文物流失，目前的是一九八二年重修，外觀保有一定程度的相似性，碉樓是其特色。雍布拉康座落於谷地邊緣的山脊上，俯瞰農業發達、綠意盎然景色優美的山南地區；由山腳仰望，造型奇特的雍布拉康，散發出高貴堅強的氣息，彷彿這片谷地的守護

雍布拉康變相

神。與前面兩件作品不同，此建築本身簡潔有力的造型，及其周邊環境，就是最觸動我的，故而沒有另用象徵圖騰，直接以風景構圖呈現；但我刻意在造型和視角上模仿古代壁畫，使畫面帶上特有的藏式風情。

當初姊姊住進台大醫院時，我做了一個大凶之夢（參見〈獨臂人生〉），心中惴惴不安，想要弄個避邪符咒之類的在病房裡；但是在教學醫院內貼符，未免給人迷信勝過科學的不良印象；轉念一想，我的藏地名剎變相系列，也算是秉持虔敬之心創作的，不妨用這組圖像來自己製作平安符。如果說符咒的效果出自持咒者的願力，那麼我親手做的，應該比廟裡批量製造的更有效吧。我將〈大昭寺變相〉和〈札什倫布寺變相〉的圖檔，彩色輸出做成八公分見方大小的卡片，一張貼在姊姊的病床頭，另一張貼在床尾板外側；〈雍布拉康變相〉則是輸出成約二十公分見方尺寸，貼在姊姊抬眼即可看見的牆面上。負責照顧姊姊的醫護，看到這些圖片，只會當成紓解病人心情的藝術品，不會猜到我真正的用意。

姊姊第一次住院兩週後順利出院，為表示慶祝之意，跟我說她想收藏〈雍布拉康變相〉；彼時這系列作品未經展出，一直留在我台東家裡，她其實沒見過原作。我趁空回台東休息幾天，順便把作品帶上台北，給姊姊看過之後，便拿去店裡訂製畫框。我選了一副寬邊貼古金箔框，呼應藏式寺廟金碧輝煌的風格。畫框還沒交貨，姊姊再度住院；病房牆面不可能掛大而沈重的畫框，裝配完成的〈雍布拉康變相〉，於是擺在家裡等她回來；而她就此沒能再回家欣賞自己可愛的新收藏品。

我以布達拉宮為主角的三聯幅大型油畫，姊姊發病前已著手進行，在那段陪病期間，我偶爾抽空回台東喘息的時候，便趕著繼續畫，唯恐一旦停手，這件作品就永遠完成不了。畫布高八十公分，三幅總寬三百四十公分，雄踞紅山頂上的布達拉宮佔了幾乎整張中央畫布，山腳下的前景，則為大昭寺屋頂的雙鹿法輪和金頂裝飾。把大昭寺屋頂放在畫面最下方，理由其一是要把這座重點寺廟囊括進來，其二則是，實地站在雙鹿法輪後方，可以遙望布達拉宮。右幅畫布，下方為雍布拉康所在的山南地區，其上則為青藏鐵路沿線風光集錦；左幅畫布下方大湖是羊卓雍措（羊湖），緊鄰其上為卡若拉冰川，冰川左側是札什倫布寺，右上方為納木措、聖象天門和念青唐古拉山，畫面最左上角則是岡仁波齊和瑪旁雍措。西藏三大聖湖我畫面上全包了，但我們實際只去過羊湖；把另兩組湖山弄進來，乃是為區域代表性的完整，以及作為日後參訪的希望。

永遠的香巴拉

　　這件大作我命名為〈永遠的香巴拉〉，引用佛國淨土香巴拉的典故。我在拼命趕畫的期間，心理上也類似藏傳佛教僧侶，把繪製唐卡和砂畫，當作修行和祈福的途徑；我希望如果真有神明，自己的祈願能透過這幅畫，上達天聽，為姊姊的病情帶來轉機。費盡全力終於趕製完成，偌大的畫我當然不可能帶進醫院，於是急忙拍照再輸出成 A4 尺寸圖片三張，連接起來組成全貌，拿去貼在姊姊病床旁邊的牆面上。然而到最後，終究是天不從人願。二〇二〇年九月底，我和母親的聯合畫展上，〈永遠的香巴拉〉首次展出；從小看我們長大的鄰居媽媽到場參觀，對我母親說，她感覺姊姊就住在像那圖中一樣美麗的地方。我但願她的感覺為真，那麼我所有的心血，即已功德圓滿。

　　雖然我嘔心瀝血的生涯代表作，是以壯麗炫目的布達拉宮為主角，但其實參訪過的所有藏區寺廟中，我最喜愛的卻是小小的雍布拉康——沒有過度裝飾的建築，因為單純，而更加聖潔美好；站在寺廟前台，遠眺青山重重，俯瞰肥沃綠野，一派祥和安樂景象；從山下仰望雍布拉康，給人親切又安心的信賴感。這不正是權位的本來面目嗎——為的是照顧子民的福祉，而非獲取自身的財富名聲。如同姊姊回母校任教，始終秉持初心、為培育學生而竭盡全力；當我聽到她說，如果不是礙於規定期限，她情願永遠住在那間宿舍裡時，我暗想，一位建築師，怎能一輩子忍耐那種不良設計？但她顯然不在乎舒適享受，只要留在校園裡便足矣。一語成讖，那間宿舍終究成為姊姊最後的居所；而我將她的珍藏書籍捐給成大總圖書館，也算成全她留在校園裡的心願——持續用她的知識遺產，照看鍾愛的學生們，正如〈雍布拉康變相〉裡，澤被一境的高潔小廟。

■ 我的思念是你的長明燈

　　「天路」一詞，係借用二〇〇一年讚頌青藏鐵路修築而傳唱的歌曲名，作為該鐵路的代稱。我們的屋頂散步之旅，最後便是搭乘臥鋪火車，經由青藏鐵路離開世界屋脊。早在親身經歷這「天路」的十幾年前，我已耳熟能詳頌揚它的歌詞：「那是一條神奇的天路、把人間溫暖送到邊疆……帶我們走進人間天堂……」。不過，這條天路可不是沒有風險的；青藏鐵路最高點的唐古拉山口，海拔標高 5072 公尺，雖說火車廂內有供氧，但其實沒很穩定；就避免高山症的風險而言，進藏時由平地城市直飛海拔 3660 公尺的拉薩，比搭乘青藏鐵路火車更為安全；出藏時因為幾天待下來已基本適應了高原氧氣濃度，再搭火車一般不致發生緊急狀況。所以我們並非讓天路帶我們走進人間天堂，卻是讓它帶我們離開。

鐵路沿線的凍土區，水資源非常豐富；我們旅行時值夏季，地表冰融，到處都是湖泊沼澤，一路上不斷映入眼簾的天光水色包覆著雪山草原，美得讓人驚嘆連連。

　　我描繪青藏鐵路沿線風光的油畫作品〈天路〉，目前共有兩幅，之一是參考自己在火車上拍的照片，以高度寫實手法，呈現藍天白雲下的雪山和草澤；之二則完全出自想像，以沿線典型的湖泊雪山相輝映之景，套入黃昏漫天霞光的色彩──雖然短暫的鐵路之旅未能讓我

天路之一

遇上此景，但我想像自己若在那兒待得夠久，必有機會見到，因此對我而言，那跟實際經驗無甚不同；高原人們的生計以畜牧為主，所以我在前景草地放上羊群和牧羊人，呼應〈小小羊兒要回家〉的甜美歌謠，增添寧靜安適的幸福感。這幅〈天路之二〉另外有個特點，至少我自身經驗如此：注視畫面一段時間後，就產生昏昏欲睡的感覺；或許是它的色調，具有一定程度的催眠效果。

某些宗教把人離世看作回歸靈魂真正的家，理由是既然從出生就註定走向死亡，所以合理推論那個必然的結局，才是真正的歸屬，「家」之所在。當然啦，如果在人世作惡太多，

天路之二

就回不了家，只能淪落無間苦地。老實說，這個論點對於活著的人，頗有安慰效果，說服力挺高，我也寧願相信其為真；而關於這個「回家」的路途，又衍生出種種說法，其中一種是為亡者點光明燈，照亮其陰間路，不致迷途失道，同時助其消解業障；然而另一派卻認為，點光明燈是為生者祈福，不可用於亡者，但是生者可以用行善的方式，為逝去親人累積功德。眾說紛紜，莫衷一是，不過對我而言，困惑於形式並無意義；我從前不點長明燈，今後也不會點；我相信自己綿長的思念，通過彩筆創作出的藝術，必然可以為一些人帶來喜樂安慰，傳播正念如同累積功德，無須人間燃燈，自能長久照亮姊姊的歸途。

■ 痛苦會過去，美麗會留下

〈內心的風景〉也是我從屋頂散步回來之後的創作，即興構圖承襲藏北高原最常見的湖山相映風景，但在色調上大異其趣，呈現幾近魔幻的氛圍。而該作品之命名，正出於這異想天開的色彩——唯有存在於內心的自由，方能超脫現實束縛，開啟別樣美麗的新世界；想像力，便是這份自由的具體表現。相對地，想像力能將人帶往何處，取決於其立基點和目標；以不違背確知的真實道理為前提，朝向可能實現的未來行進，科技的發展便是遵循此一道路，所以現代人透過機械電子設備，可以掌握古人想像的神仙異能。即使以我這幅〈內心的風景〉而論，水面色彩的設定，乃以地面天空的顏色為基準，在大致符合光學原理的範圍之內變化，因此整個畫面的色調雖然誇張出人意表，但仍協調悅目，不會令人刺眼生厭。

內心的風景

說到觀照內心，從古至今最常出現的形容詞，莫過於「心如止水」；而以識人洞見著稱的人物，號為「水鏡先生」。唯有止水，方能如鏡，是再明白不過的自然道理；一旦風動吹起漣漪，水面映像就亂了——雖然精通光學之人，還是可以根據當下日光角度、風速風向，準確預測水面反射光影。有趣的是，人們論起湖光山色自然風景，總以「鏡湖」為最上乘，大概出自喜愛對稱之美的心理。從另一個角度看，如鏡水面也是色彩最豐富

的；水質愈澄清，倒影的彩度愈高，而水面波動愈大，色調則愈趨統一。我捐贈給成大總圖書館的大幅畫作〈聖地〉，便是以近乎鏡面的澄徹淡藍湖水，輝映五彩繽紛的秋季山巒，營造至美而聖、足以安放心靈的境界。

　　靜心，從來是修行的起手式；心如水鏡，才能看清周遭的真實樣貌。即使水面上的真實風景不怎麼美麗，但加上對稱的倒影，就生出美感來了，因為對稱，是審美最原始的要素。情緒慾望如風，擾亂內心的美景；止息那風暴，美麗便得出現，雖然或須付出高度消耗心神能量之代價，畢竟值得。畫畫，一直是我靜心最有效的方式；即使有時為創作絞盡腦汁而難受不已，撐過去所得到的成果，回報總是遠高於付出。我製作〈永遠的香巴拉〉及接續其後的〈乘桴於江湖〉之時，身心煎熬難以盡數，但也藉此化去大部分焦慮傷痛的負面能量，得以逐步修復內心。觀者如今看著這兩件作品，絕對無法聯想到我創作當下的心境，而只見其美善——通過藝術的洗禮，痛苦總會過去，留下美麗。即使以我在寫作本書的狀態而論，事實上也是一個頭兩個大、時常陷入痛苦掙扎，因為我的文筆雖稱流暢，但只擅長敘事論說，不包括抒情；若用文字表達感情是我的長處，那麼當初就不會成為畫家，而會是作家了。但我必須克服困難、完成此任務，藉此徹底清除創痛，只留下關於姊姊的美好回憶，然後繼續前行，欣賞人生路上的美麗風景。

■ 願我的愛讓你自由

　　記得姊姊入厝那天，三七未滿，地理師對我們家人諄諄叮囑，要常常來看她，帶她喜

歡吃的東西，水果要削皮切好、裝在玻璃保鮮盒裡，還有鮮花必不可少……等等。於是滿七之前，我們每週都去上墳，並按照地理師的囑咐認真準備供品。之後我大致維持每月一次的頻率去看她，有時因天氣關係臨時決定行程，食品準備稍遜，但是鮮花絕不馬虎；每次我都挑選店裡最新鮮亮眼的花朵，精心搭配色彩，確保姊姊收到整片墓園裡最漂亮的花束。而每次買花的當下，我都忍不住想，如果她活著的時候，我有這樣經常送花給她，那該多好，至少保證我看得到她開心的模樣，而毋需像現在這般，猜測著自己的心意是否有被接收到。

〈夢原〉的靈感來自青海草原，更確切一點說，是二○○五年我參加友人自組的青海阿尼瑪卿轉山旅行團，途中遇見的草原野花盛開印象，相隔十年自動從記憶裡跳出來。當初我為此畫所寫的短句是「日復一日，我在繁花盛開的草原上，編織著花冠，等你歸來」；如今我再也等不到姊姊歸來，編織花環的心意，只好寄語清風，帶往那或未可知的世界。若別離是無可逃避的宿

夢原

命，那麼開滿鮮花的草原，便是最適合等待的地方：周遭的美麗，讓時間感覺不那麼漫長；編成的花冠枯萎了，明天又有新鮮綻放的花兒可採，破滅了一個希望，隨即又能再造一個出來。雖然夏季結束花兒便將消失無蹤，但我只在夏天走訪高原，所以我夢中的草原，永遠五彩繽紛、芬芳撲鼻。

　　自從十九歲那年夏末首度踏上青藏高原，我便對它的神奇魅力念念不忘。那是一趟非常精彩的旅行，母親帶著姊姊和我，參加鄰居台大歷史系教授們自組的團，為期十八天，穿越大西北：烏魯木齊、天山、吐魯番、高昌、敦煌、蘭州、西寧，接下來進入藏族自治區的夏河、若爾蓋、九寨溝，最後到成都。途中美景族繁不及備載，而我最難以忘懷的，是在青藏高原上乘車一整天，看不到盡頭的公路上，只有我們一輛旅遊中巴，踽踽獨行，引得老鷹好奇飛近探看；如此開闊荒涼、又如此美麗且生機勃勃的高原，從此令我魂牽夢縈。前面說過，我並不是一個熱衷旅行的人，許多眾人追捧的觀光勝地，我覺得一輩子去過一次就可以了，甚至不去也無所謂；但偏偏這考驗體能的青藏高原例外，遇上好機會我就要回去。二〇〇五年我正值體能巔峰時期，還可以騎馬搭帳篷轉阿尼瑪卿山一圈、親臨冰川前緣，十二年後就只能在屋頂散步了。即使只能散步，仍無法止住我再次相會的念想。

　　〈不知道愛你從哪一年〉紙上油彩作品，命名取自〈花開在眼前〉的歌詞，這首歌是二〇〇八年第一財經的電視紀錄劇集《激盪三十年》的片尾曲，由吳曉波、羅振宇填詞，莫凡譜曲，其中吳曉波便是財經暢銷書《激盪三十年：中國企業 1978-2008》的作者。然而這談論嚴肅話題劇集的片尾曲，完全不走激勵人心的說教風格，非常樸素浪漫，甚至帶點憂傷，在韓磊溫柔低沉的美聲中唱著「……不知道愛你在哪一天、不知道愛你從哪一年、不知道愛你

不知道愛你從哪一年

是誰的諾言、不知道愛你有沒有變。只知道花開在眼前、只知道年年歲歲歲歲年年，我痴戀著你被歲月追逐的容顏」。我頭一回聽到這首歌，便深深佩服作者對愛國心的精準理解：如果凡事都要追究是否正確合乎邏輯道理標準，那麼恐怕就愛不下去了；感情這回事，本來便不能拿道理標準來衡量。而宗教信仰跟愛國心，本質沒多大區別，實際上前者常常被拿來鞏固後者。

　　青藏高原上與自然美景齊名的，便是根深蒂固的藏傳佛教信仰，及其所創造出之花開遍地般的富麗堂皇寺院。在我初次踏上高原之前，身為信奉民生主義思想的小青年，對於藏傳佛寺之金碧輝煌，對照牧民生活的艱苦貧窮，相當不以為然；尤其無法理解，為何貧苦民眾還要把僅有的一點積蓄，歡喜奉獻給寺院。等到我親身遊歷過這被稱為世上最接近天堂的地方，總算有點明白了——小民手上攢的那點錢，若用在自己身上，只能換得平庸物件；然而積沙成塔，眾人集資卻能造就令人屏息的美侖美奐宮殿寺院。眾人皆可膜拜的寺院是公共財，也就是說，窮苦小民也是這神奇造物的一份子，在這個具象化的天堂裡有容身之地。擁有全部的平庸，或者萬分之一的神奇，不少人寧願選擇後者吧。

　　我一向沒有皈依宗教的意願，卻有好些信仰虔誠的朋友；只要對方不排斥我，宗教信仰的差異並不構成發展人際關係的阻礙。事實上，讓我感動嚮往的，從來不是宗教的教義經典，而是那些基於信仰所創造出的、令人歎為觀止的藝術，包括建築、雕刻、繪畫，乃至音樂詩歌和舞蹈。就像地獄從來就在人間，天堂也在人間，存在於虔誠信徒的精神及其創造物之中。至於為何信仰可以如此堅貞、犧牲奉獻在所不惜，大概只能用〈花開在眼前〉

的歌詞來回答了——深愛的緣分，不是單純用道理可以解釋明白的，就像我對青藏高原的迷戀，也不是一句「風景絕美」就能理直氣壯；世上美如仙境的地方遠不止此處，但其他沒有任何一處令我如此著迷，除了自己家鄉台東。

　　首次踏上青藏高原有姊姊同行，我倆結伴長途旅行的最終回也在雪山神域；我畢生最高傑作〈永遠的香巴拉〉，有人說感覺好似姊姊就住在裡面……緣起緣滅，非我所能左右，如果我的愛有任何力量，願以自己能夠想像、最接近天堂的地方，讓她自由來去，歡喜自在。

七七：
曾經擁有，便是天長地久

■ 魔幻時刻的太平洋

　　我一直相信，人的心情是影響身體健康最重要的因素，而居住環境又是左右心情的要件，所以當姊姊住院時，如何使病房看起來活潑有生氣，便是我必須處理的問題。為避免蟲蠅孳生，現在醫院病房已不允許擺放鮮花或植物；失去了最有利的素材，只能勉為其難用圖畫來替代。起初姊姊的病床在窗邊，雖然天光很好，但看出去就是對面樓層病房，景觀不佳；我把自己的小品花卉圖像，輸出成半透明的燈片，貼在窗玻璃上，這樣既保留自然光，又可美化視野景觀。後來姊姊換到沒窗的床位，幸好病房外面的走道窗前綠樹成蔭，在體力允許的情況下，經常讓她坐在走道窗邊散心；然而病況加重使得臥床時間居多，於是我在粉牆上加貼最能放鬆心情的海景圖片，即輸出成 A3 尺寸的〈綠島未夜曲〉和〈我玫瑰金色的海洋〉。姊姊過世後，那些曾貼在病房牆上的圖紙，也都一起火化了給她，帶往另一個世界。

　　我愛海，也擅長畫海景，估計是源自我在太平洋濱的台東生活經驗。出生於台北，但我最早的記憶卻是台東。剛滿四歲時，適逢父親的教授休假年，獲得前往美國麻省理工學院進行半年研究的機會，於是父母帶著姊姊遠赴波士頓，把我留給住台東市的外婆照顧。

　　四歲正是剛開始有長期記憶的時候，於是我最初也最深刻的記憶，便是每天早晨跟著外婆爬上市區內的鯉魚山（大家把那個小丘稱之為山似乎太恭維了些），得到一瓶養樂多作為獎勵，然後祖孫倆邊休息邊望著山下的火車站，等看完火車進站，就算早晨的例行任務結束，回家開始一天的作息。稍稍特別一點的日子，我們會和鄰居朋友到離市區不遠的小野柳風景區玩耍。當時在我那個小腦袋裡，臨著太平洋的小野柳，就是世界上最漂亮的地方。或許正是這幼年關鍵時期的半載分離，決定了日後姊姊長成國際公民，而我骨子裡始終是個鄉下人的命運。

　　二〇一一年我從北京搬回台灣，雖然在台北主持小展覽空間「藝研齋」，有頗多工作需得打理，我還是決定以台東為家，過兩地奔波的日子。處理台北那些與我性格相悖卻又必須面對的事務，我需要台東的生活與創作來調整呼吸。回台東居住後，我開始真正感覺到生活的美好；開頭五年我的住處離海邊很近，走路不用十分鐘，我經常傍晚到海邊散步，有很多機會好好地看雲看海，這世上變化最豐富的兩樣東西。

綠島未夜曲

　　台東的海平面上有個亮點，就是綠島；只要天氣不太差，都可見到她的倩影，在水一方。某個初夏傍晚，我意外遇上一個非常有趣的畫面：天空清朗無雲，獨獨綠島正上方飄著一朵比島略大的雲，在這太陽落山後餘留的銀藍光線裡，彷彿島蓋上被子要入睡了，

又或是睡著了正在發夢。這畫面太可愛、太令人驚喜了,我決定以它入畫,於是便產生這幅〈綠島未夜曲〉。畫名當然是從綠島小夜曲而來,不過由於畫中時刻尚未入夜,便成了未夜曲——「天還未暗,她就已經睡著了,還做著夢。」

　　位於台東市區北邊大約十餘分鐘車程的杉原沙灘,曾經是整個台東縣唯一的海水浴場,不過我小時候對此並無印象;等到自己回台東住下,杉原灣已經陷入官商勾結不當開發的泥淖,沙灘邊矗立著未完成的龐大旅館建築,海水浴場則停止營業。沒有可用的盥洗設施,戲水游泳不方便,但完全不影響我的沙灘散步——讓海水拍打腳背小腿,感覺腳底下的沙迅速流走,同時欣賞眼前海天相輝映的美景。我的皮膚脆弱容易曬傷,因此最適合流連海灘的時間,便是黃昏;我經常算好工作時間和公車班次,趕在黃昏彩霞大戲開始前抵達杉原沙灘。這一場又一場令人目不暇給的自然界神奇演出,在記憶裡堆疊成〈我玫瑰金色的海洋〉,而這也是小小人形在我風景畫裡出現的開端;畫面中左方的小島,依舊是綠島。

　　以陽光時刻而言,〈我玫瑰金色的海洋〉比〈綠島未夜曲〉略早一些,前者是玫瑰金色的陽光直接照射雲層、反射海面,而後者發生時太陽已經落山,是間接光效。至於為何太陽落山後天色還這麼亮,係由於台東西面是聳立的中央山脈,從夕陽落入山背後,到真正沒入地平線,有一段時間差,而這段餘光時間,就是海天色彩瞬息萬變的魔幻時刻。晴朗的天空下,

我玫瑰金色的海洋

眼前的海水由銀藍色漸漸變淺橘黃，再轉灰紫，或者幾種色彩同時相互穿插，而整個海面竟比天空更加明亮。這種時候，我總是目不轉睛，最好別眨眼，生怕錯失任一瞬間的驚艷感動。

說來有趣，孤懸海上的島嶼，經常引人暇思，發出擬人的情感來；日常望見，每每如遇鄰居朋友，親切感油然而生。這種心理投射，或許是因可見卻不可及的距離，拉出了想像空間——所謂距離產生美感是也。我實際乘船登上綠島遊玩之時，雖然愉快盡興，但一點沒有和老友重逢敘舊的感覺，就只是個美麗的小地方；反倒是看著海那邊的台灣本島，如一頭巨鯨漂浮海上，彷彿這才見識到台灣的真面目，平日生活的土地，忽然被賦予了靈性。等我回到台東，綠島又恢復成那盡在不言中的老友，而巨鯨也變回腳下的土塊。心隨境轉，境由心變，真幻自在意中。

歷久不衰的深刻記憶，如果不是源自強烈衝擊的震撼經歷，便需要一再重複同樣的經驗，層層蝕刻入腦海中；我在台東看過的雲海變幻，已經多到足以讓我進入信手拈來皆可成畫的境界，即使身不在此處，亦隨時可透過心眼，見那令人欣然迷醉的美景。就人心而言，想像的真實，比真理更加真實。關於和姊姊一起生活的記憶，也與那雲那海一般，在我心上永不磨滅；無論漂流何處，常相左右再不分離。

■ 海闊天空的耀眼人生

〈沙灘〉也是姊姊的收藏之一，而這件作品其實跟前面的〈草海〉、〈起鷹〉，同屬於二〇一一年的墾丁紀事系列作品。那年十月去恆春看朋友，順便在墾丁玩兩天，頭一天

朋友沒空帶我，便自己亂晃。季風已經開始吹了，腳踏車行不得也，就靠兩條腿走；雖然速度慢，範圍限縮，我並不介意，正好更悠閒些。早上九點多，行走於遊人稀稀落落的美麗沙灘，天清氣朗，海水的顏色只能用美極了來形容。一路走到某著名飯店的勢力範圍內，找了個有遮陽傘的木造沙灘躺椅歇下，享受海濱渡假的感覺；可惜風實在太大，吹得我滿頭滿身的沙，有時一陣狂風帶起的沙，打在皮膚上還很痛，待不了多久便撐不下去，轉移陣地往內陸方向移動。因為沒帶相機，晚上趁著記憶猶新，把日間最觸動的印象粗略畫在素描本上。回家後的系列創作，也就靠這幾張素描生出來。

〈沙灘〉畫的是墾丁沒錯，但也很容易當成其他地方，畢竟相似的景色太多了，即使我很認真刻劃東方環頸鴴的特徵，以及離岸海面下礁石帶透出的深色，又有幾個人能就此確認無誤其為墾丁的沙灘？此前幾年我的風景畫，多數具有明顯的地域特徵，主因是特別的景色，或對我有特殊意義的地方，較易引起創作的熱情。畫多了之後，漸漸對「共通性」較感興趣，亦即容易引起多數人共鳴的題材、易引發情感投射的色彩表現；因此，畫中的地

沙灘

區特色被刻意削減，墾丁紀事便屬於此類做法。共通性高的題材，容易讓觀者聯想到自身經驗過的風景，進而與作品產生連結。所以，這個清閒美麗的「沙灘」，可以在墾丁，也可以在觀者心心念念的任何地方，當然也可以在我的家鄉台東。

　　或許是幼年的記憶銘印作用，雖然我出生在台北、住在台北的時間遠比台東為多，但台東才是我心目中的家鄉。記得我尚未決定出國學藝術、在工程顧問公司上班的時節，正逢台北房價起始飆漲，某回和年紀相仿的同事聊起購屋問題，我說自己不擔心台北房價，因為將來我反正要回台東，房子自然是買在台東，台北頂多用租的就好啦。說這話的時候，我心裡設想的將來，應該和一般人差不多，亦即退休或半退休的年紀吧。不過，世事難料，自從踏上藝術這條不歸路，我且戰且走的人生，基本沒法兒規劃，卻就促使我提前回台東，著實過了幾年好日子。

　　與我不同，台東對姊姊而言並非家鄉，只是童年的外婆家；雖然心態有差別，我們仍分享快樂台東的共同記憶。從小學到國中，台東是夏日度假勝地：坐長途火車一路過山洞的刺激、沿途美麗的海岸與田園風光、池上站月台的便當，為歡樂揭開序幕。台東的早餐，必然是早點大王的燒餅油條配豆漿（偶爾初鹿鮮奶也冒上檯面）；市場裡的零食，我最喜歡現削的甘蔗或鮮榨甘蔗汁，還有煮得香香的糯玉米。而台東市的大小嘛，就是用兩條腿和腳踏車，可以暢行無阻的範圍。這些時刻，姊姊都在我身邊。

　　在我的成長過程中，台東的外婆家，一直是我的精神堡壘。這個堡壘的具體形象，其實非常普通，甚至可說簡陋：典型的老式公家單位宿舍區，一整排瓦頂平房，共用門前那條袋底巷，另一側的圍牆隔離外界，巷口高大的龍眼樹是入口意象。每戶房子的格局基本相同：小小的客廳，往裡進是廚房兼餐廳，房子另半邊是兩個房間，其中客廳隔壁的小間是墊高的和室（榻榻米下面有儲物空間的那種），是我最喜愛的所在。廚房後面是院子，浴室廁所蓋

在院子裡，其餘空間用來晾衣服和種花。斯是陋室，惟愛充盈，足當我最堅強的後盾。

高二那年，外公在台北的醫院裡病逝，之後的假期我們就不再去台東，換成外婆北上來看我們。對於當時還不太接受死亡概念的我來說，不去台東也好，這樣我可以假裝外公還在台東家裡，而非永遠消失。大三那年暑假，學校社團朋友們一起到台東玩，住在台東市的那晚，我請學長騎機車載我去看外婆。家裡短暫停留一會即告辭，外婆送我們到巷子口；我從機車後座回望，外婆在巷口龍眼樹下朝我們揮手……這便是我看那巷子的，最後一眼。

在我遠渡重洋負笈美國的期間，年逾八旬的外婆被接到台北養老；台東宿舍由於老舊，住戶陸續遷出，原公有財產單位乾脆將之整個收回，當成危樓準備拆除。台東的精神堡壘沒了，學成歸國回到台北的我，在各個與藝術創作無關的兼差工作中流浪，為的是能擠出時間繼續畫畫；鬱悶的時候，我總想起台東。於是有機會我便慫恿家人一起去台東遊玩，但即使到了市區，我也沒有去查看舊家現況，我們走的路線和觀光客一樣，屬於我兒時未曾認識的那部分台東。我不想親自印證精神堡壘被摧毀的事實，害怕自己會隨之一同崩塌。

等我又渡海北漂五年後，回到台東的第一件事，便是去找舊家巷子；因為既然決定返鄉定居，就不能容忍家鄉裡有我無法面對的地方。於是，我站在被鐵皮封住的巷子前（其實更驚訝的是怎麼還沒拆除），看著圍籬後方被他們硬生生困死的老龍眼樹，一滴淚也沒有流。原來，我的精神堡壘始終建立在自己的記憶裡，任何外力都無法將之擊毀。多年前

的夜裡，那最後一眼場景裡的人物，外婆走了、龍眼樹枯了、學長也於幾年前癌症英年早逝，只剩我一人，在台東連半個親戚朋友都沒有。然而我一點也不害怕；回到最愛的家鄉，才是最重要的，其他都可以慢慢建立起來。

我給自己一週時間在台東市區尋找租屋，跑了好幾家房仲公司，方知符合我需求的房型向來屬於稀缺物件；煩惱的我，又來到舊家巷子前，希冀得些靈感或碰上好運。我遊目四顧，發現附近樓房牆面貼了一小張房仲廣告，便撥打上頭的電話號碼；看過兩間不滿意的房子之後，房仲女士拿出非公開物件——親戚委託、堪比文化古蹟的老屋，令我一見鍾情（雖然整理維護頗費工夫），就此展開歷時五年的復古格調小鎮生活。我一直相信，這場際遇是外婆冥冥中護佑。

擁有一個好空間，想交朋友就容易多了；這個空間可以是住家，也可以是工作場所。會這麼說的原因，是我後來在台東的好朋友，幾乎都是從同一間咖啡館認識的，包括當時的店長。咖啡館換手經營時，我們已組成了固定的派對咖，聚會場所改在幾位擁有自主空間的成員之中輪流，包括我家。一個空間的氛圍，充分反映主人的特質；物以類聚，喜歡同一個空間的人，性格上必然有相當合拍的部分，情誼也容易維持長久。

這間被我視為奇遇的典雅住所，直到姊姊回台任教之後，才終於有機會接待她。二〇一六年七月初，學校剛放暑假，姊姊與姊夫一同來台東遊玩，住在我家，睡房是有著檜木柱子、日式紙拉門、門樑上雕花鏤空頂板、以及光滑溫潤木地板的和室——整個屋內最精華的區域，曾帶給我難以計數的幸福感。那兩天我租了一輛車，載他倆四處遊玩，其中一

天的路線，便是從台東市出發朝縱谷方向，沿山邊的 197 縣道往北，途中避開碎石路段，目標池上金城武樹附近、我好友充滿設計感的農舍。得到好咖啡和點心招待、愉快閒聊一陣後，再繼續向北，從玉長公路翻山連接濱海的台 11 線，然後一路往南與蔚藍的太平洋相伴而行，最後回到台東市。一圈百餘公里，田園山海無敵美景盡收眼底。

姊姊夫婦前腳剛走，強颱尼伯特後腳便至。這個百年來侵襲台東市最強的颱風，走後整個市區像被轟炸過一般，滿目瘡痍，我的屋瓦也被掀開，沒法繼續住了。幸好池上朋友的老家有空房，可以暫時收留我和我的畫作，期間我有時也去台南姊姊那兒住。五個月後搬回台東市，新家雖是毫不起眼的公寓，週邊生活機能也不如之前便利，但是客廳落地窗正對著都蘭山，同時可以望見海面，借景使之蓬蓽生輝。整頓新家到後來，有些傢俬在本地找不著合意的，於是我先開車到台南，載姊姊同去高雄宜家採購完畢，再回台東，兩人一起組裝家具。整個週末忙這些體力活，沒時間出去玩，然後她又得趕回學校。我在客廳陽台牆上釘了一個小吧台，家裡備有兩張高腳椅，期待姊姊下次來玩的時候，一同坐在吧台前，享受有山海美景的咖啡點心時光。然而期待畢竟落空，她再也沒來過了。

〈豐饒的大地〉紙上油彩小品，以即興手法呈現我對台東縱谷的感情；在我眼裡，農業發達並與自然和諧，便是富庶幸福的象徵。同個題材我製作過另一件大型油畫，畫面上兩側山脈夾著阡陌縱橫的谷地，

豐饒的大地

耀眼的人生

雲瀑自山頭流瀉，沃野上空幾個透明的、似動物又似太空船的飛行物體，正同步向前行進⋯⋯這幅畫名為〈耀眼的人生〉，圖中的不明飛行物，象徵熱愛鄉土的朋友們之精神，享受天地給予的自由，同時努力守護祂的美麗，人生因而燦爛耀眼。這也是我的心願：與所愛一同，成為巡行家鄉的自由精靈。

■ 飛得再高，終須落地

就在我返鄉的那年，台東開始舉辦熱氣球觀光活動，以嘉年華之名為號召，於是接下來每個夏天都可看見五彩氣球飄蕩在縱谷上空，各地觀光客紛紛湧入，暑假進出台東的火車一票難求。不過，身為在地人，我卻從沒搭乘過台東的熱氣球──價格高昂自然是主因，還有便是先前陪父母去土耳其旅遊，已經在比台東縱谷更為壯闊的卡帕多奇亞地區體驗過熱氣球飛行，覺得這樣也就夠了。想要俯瞰台東縱谷的美麗風光，在地人有很多不同路線和時間，可以慢慢地、細緻地體會。話又說回來，跟朋友一起坐在鹿野高台的草地上，看著一個個造型有趣、色彩鮮豔的熱氣球，充氣立起、像風箏一樣升空隨風搖擺，確實是很歡樂的時光。即便是我，也很自然地把熱氣球，視為台東的特色象徵之一。

小幅油畫〈幸福翻山越嶺而來〉，是幾年前我在嘗試尋求風格突破性的那段時期，由於挫折感產生的自暴自棄心情，乾脆來走一下童話路線、發洩情緒的產品。雖說是遊戲之

作，色彩處理方面我仍舊使出渾身解數，絲毫不馬虎；畫面亮點、也是題名依據，便是那代表幸福的紅色熱氣球。這童趣十足的圖像，還被《講義》雜誌用作其二〇一八年四月號的封面。情緒發洩過了，我決定不去理它什麼藝術市場、不強求什麼風格突破，定下心來，全然只專注於自己想要呈現的畫面。於是接下來完成的兩件作品：〈圓明園一隅〉和〈南國正芳春〉，自己感覺功力大進、觀眾反應也大勝往昔。同年秋天的上海杭州之旅，啟發了我的「古調新聲」系列，順勢打開「山水油畫」新紀元。幸福並沒有乘著熱氣球翻山越嶺而來，是我自己胼手胝足翻山越嶺出去，找到一片無限寬廣的新天地。

最早的熱氣球是以交通工具為目標進行開發，但一再發生的悲慘意外，證明其不適合正經用途，可發揮的只有娛樂功能。前面提過，幸福是由一個個片段的快樂記憶堆疊而成，與家人朋友一同乘坐熱氣球，無疑是製造快樂回憶的有效方法，因此在某種意義上，熱氣球堪為幸福的象徵；然而無法帶你抵達旅途下一站、只能純粹享受短暫飛行樂趣的熱氣球，本質上也無異於虛榮。姊姊過世後，我花更多心力時間與家人相處，不只為了寬慰彼此的傷痛，也因深刻體會到，跟那些永遠不會真心欣賞我的人周旋社交，是多麼無意義的浪費時間。飛得再高，終須落地；不管在熱氣球上如何自我感覺良好、地面上有多少雙羨慕眼光注視著，待得下地，也只有家人與你同行。我們家人丁單薄，所以我向來把好朋友視為自己選擇的

幸福翻山越嶺而來

家人；血緣關係不保證性情相投，但誠心結交的朋友肯定親近。人生苦短，明天或意外不知哪個先到；我寶貴的時間和精神，要留給真心對我好的人。

■ 永遠和你在一起

　　完成於二〇一五年的油畫〈龍仔尾的夏天〉，場景在台東池上的田間聚落龍仔尾、離金城武樹不遠的農舍前，畫中人物則是我的兩位好朋友。故事源起於台東市的咖啡館，在那兒認識的好友愛咪，由於父母年邁，決定搬回老家池上就近照看，於是在龍仔尾租下一間小農舍。當初那農舍長得跟廢墟差不多，但愛咪就是能一眼認定它，然後充滿幹勁地開啟了之後數年的房屋及周邊環境改造工程持久戰。重整廢墟自非易事，除了愛咪驚人的體力跟意志力，朋友們也不時得支援一下；而給我們的回報除了愛咪手作美食之外，就是周邊的美景了。青青秧苗變成金黃稻穗，池裡荷花變蓮蓬，屋裡屋外雪白甜香的野薑花，雲瀑從遠處山頭流瀉而下……。離喧囂處很近卻獨留一片寧靜，龍仔尾愛咪的家，成為我們共同的度假小屋。

　　〈龍仔尾的夏天〉畫面上就實景略做了些更動：原本池塘上只有一道直直的木板橋，我為求畫面好看，改成小竹筏碼頭；事實上那池塘的尺寸，撐不起竹筏採蓮的浪漫。紅冠水雞和白鷺鷥不時出現左近，但翠鳥是我從大坡池借來的──龍仔尾池小魚少，請不來翠鳥的大駕。畫面風格嘛，因為愛咪家是大夥飲酒作樂的地方，用帶點童趣的筆法營造歡樂氣氛，正剛好。

　　一個好空間不只吸引朋友，還能招來姻緣。這幅畫完成後不到一年，愛咪遇上真命天

子閃電成婚，兩人協力將家居改造工程大升級，從此龍仔尾 12 號不僅空間品味獨特、溫馨舒適，咖啡香更濃、美食更多元，還多了漂亮照片和吉他彈唱聲。那次我帶領姊姊跟姊夫的台東之旅，也到龍仔尾拜訪，受到愛咪夫妻盛情招待，一起度過歡樂時光。

二〇二〇年九月底跟母親一起辦畫展，我順便選用作品圖片印製了來年的桌曆，其中六月份是〈龍仔尾的夏天〉；父親看到桌曆，提議要收藏這幅畫，於是我把畫運回父母家，將其掛上飯廳的主牆面，換下原本在那兒的〈圓明園一隅〉。父親說這幅畫氣氛歡樂，看著舒服；但我猜他是把畫裡的女生當作他的兩個女兒，想像我們姊妹在美麗田園中，一起快活過日子。現實裡未能滿足的願望，藉由想像來獲得安慰。

多年前有句著名的廣告台詞是這麼說的：「不在乎天長地久，只在乎曾經擁有」。如果不看原版廣告影片，這話聽起來像在為感情不忠找藉口；但其實影片主角是抗戰犧牲的空軍英雄及其妻——橫逆的命運使有情人無法天長地久，只得把曾經擁有的，當成全部。即使身不在那萬般無奈的時代，人生在世，也沒有什麼是永遠不變的。龍仔尾的小屋，租約到期之後會怎樣，誰也拿不準；然而我們曾經共度的、笑語歌聲傳出屋外的美好時光，凝固在記憶裡，不會改變——曾經擁有，即已天長地久。我們就要離開，但我們也從未離去。人生必死，不代表不值得活；無法一起走到最後，不代表不值得愛。我與所愛，永遠在一起。

龍仔尾的夏天

大好文化　大好生活 8

給Blue的49封分手信

文 圖 作 者｜陳敏澤
出　　　版｜大好文化企業社
榮譽發行人｜胡邦崐、林玉釵
發行人暨總編輯｜胡芳芳
總　經　理｜張榮偉
駐 英 代 表｜張容
行 銷 統 籌｜張瑋
封 面 設 計｜陳文德
客 戶 服 務｜張凱特
通 訊 地 址｜11157臺北市士林區礦溪街88巷5號三樓
讀者服務信箱｜fonda168@gmail.com
郵政劃撥｜帳號：50371148　戶名：大好文化企業社
讀者服務電話｜02-28380220
讀者訂購傳真｜02-28380220
版面編排｜唯翔工作室 (02)23122451
法律顧問｜芃福法律事務所　魯惠良律師
印　　　刷｜禹利電子分色有限公司 (02)2951-3415
總 經 銷｜大和書報圖書股份有限公司 (02)8990-2588

ISBN　978-626-95832-0-1（平裝）
出版日期｜2022年6月10日初版
定　　　價｜新台幣380元

國家圖書館出版品預行編目資料

給Blue的49封分手信／陳敏澤著．繪圖. -- 初版. -- 臺
北市：大好文化，2022.06
228面；21×20公分. -- （大好生活；8）
ISBN　978-626-95832-0-1（平裝）

863.55　　　　　　　　　　　111004096